Whispers of love
Shadows of death

Loi n° 49-956 du 16 juillet 1949 sur les publications destinées à la jeunesse, modifiée par la loi n° 2011-525 du 17 mai 2011

En application de l'art. L.137-2.-I. du code de la propriété intellectuelle, toute reproduction et/ou divulgation de parties de l'œuvre dépassant le volume prévu par la loi est expressément interdite.

© Mara Mercher-Virginie, 2025

Illustration : Mara Mercher-Virginie et Eline Rousse

Édition : BoD · Books on Demand, 31 avenue Saint-Rémy, 57600 Forbach, bod@bod.fr

Impression : Libri Plureos GmbH, Friedensallee 273, 22763 Hamburg (Allemagne)

ISBN : 978-2-3225-5821-6

Dépôt légal : Décembre 2024

L'amitié c'est un peu comme un livre, il y a des amies qui ne sont présents que pour une page, d'autre pour un chapitre entier, et il y a les vrais qui sont présents toute l'histoire.

Personnages

Marion :
Elle est métisse aux cheveux bouclés, courts, yeux bruns en amande avec de grands cils, et un strabisme.
Elles est assez réservée mais pas avec ses amies.
Elle est têtue et possède beaucoup de réparties.
Marion adore écouter de la musique.
Elle est assez grande.
Âgée de quatorze ans au début de l'histoire, quinze à la fin.

Lillie :
Elle a les cheveux châtains mi-long et les yeux noisette.
Elle est aussi très têtue et ne se laisse pas faire.
Elle a le même humour que Marion.
Elle est de taille moyenne.
Âgée de quatorze ans.

Maïna :

Brune aux pointes dorées, aux yeux marron très clairs, comme de l'or, qui sont très grands.

Elle est réservée aussi sauf avec ses amies.

Elle écoute souvent de la musique en dessinant.

Et adore le volley.

A de l'humour aussi mais différent que celui de ses amies.

Elle a quatorze ans au début de l'histoire puis quinze ans du milieu jusqu'à la fin du livre.

Ellie :

Elle est rousse aux yeux verts, et cheveux courts.

Elles est très timide ; à côté d'elle Marion et Maïna ne le sont pas.

Elle a du mal à comprendre l'humour de ses amies qui est parfois du second degré.

Ellie est hypersensible.

Elle a exactement le même âge que Maïna.

Kate :
Elle a les cheveux blond foncé assez longs et les yeux verts.
C'est une vrai bavarde, elle parle trop, tout le temps.
C'est la maman du groupe.
Elle est assez grande, elle mesure quelques centimètres de plus que Marion.
Elle est âgée de quatorze ans au début de l'histoire, quinze ans à la fin.

Camilla :
Elle est blonde aux cheveux courts et aux yeux bleus. Elle est d'humeur changeante, cela est parfois effrayant.
Elle n'a aucune gène comme Cléa.
Elle éprouve également une passion pour le volley.
Elle petite en taille mais plus grande qu'Ellie.
Elle est âgée de quatorze ans.

Cléa :
Elle est blonde aux yeux verts, aux cheveux mi-longs très épais.
Elle aussi a des sauts d'humeur mais moins souvent que Camilla.
Elle adore le volley aussi, elle y joue avec Maïna le week-end.
Elle est de taille moyenne, plus petite que Marion.
Elle est née une année après les filles, mais au début de l'année, elle a 14 ans.

M. Mégot :
Directrice adjointe du collège ainsi que du lycée.
Elle est également la professeure principale de Camilla, Cléa, Maïna, Marion et Kate.
Et la professeure de maths des sept filles.
Elle est grande, enrobée et blonde.
Et possède le même pronom que Camilla.

M. David :
Professeur de physique chimie.

Il est brun avec une énorme calvitie et porte des lunettes rondes qu'il ne met pas tout le temps.
Il est très grand et très mince, et est très spécial.

Flore :
Surveillante dans l'établissement.
Elle est brune aux yeux verts, assez stricte.
Elle est petite et ronde.
Elle organise une chorale au collège.
Elle peut être gentille autant que méchante.

Samuel :
Lycéen en classe de terminal qui donne des cours particuliers en mathématiques à Marion.
C'est aussi le béguin de Marion.
Il est grand en taille.
Il est blond aux cheveux long bouclés, aux yeux marrons. Comme dirait Kate : « il ressemble à un surfeur drogué » ou

comme dirait Ellie « il est semblable à un ballet à chiotte, ou à une serpillière ».
Il est très gentil, mais parfois d'humeur changeante.
Il a un visage de bébé.

Prologue

Aujourd'hui c'est la rentrée, le jour que Marion a redouté le plus durant ses vacances d'été.

Elle est en troisième dans un collège qui fait également lycée, un établissement privé.

Il se situe en plein milieu des champs, autour il n'y a rien à part un arrêt de bus.

L'établissement est très moderne, il a été construit il y a seulement 6 ans.

Marion est une jeune fille de 14 ans, elle est métisse aux cheveux bruns bouclés et a les yeux marrons, avec un strabisme, son plus grand complexe.

Elle est de taille moyenne mais plus grande que la majorité de ses amies.

Marion est réservée, discrète et a un bon sens de l'humour.

Hier, elle a pris connaissance la classe dans laquelle elle allait passer sa dernière année de collège.

Elle a donc découvert qu'elle et sa meilleure amie Lillie qu'elle connait depuis qu'elles ont 7 ans, elles ont été séparées et mises toutes les deux dans différentes classes.

Marion qui est sensible, a pleuré, Lillie est son repère même si, certes, elle a d'autres amies.

Comme Maïna, qu'elle connait depuis la sixième, son ancienne meilleure amie.

Il y a aussi Cléa, Marion la connait depuis la maternelle, elles ont été séparées en primaires puis se sont retrouvées en sixième.

Et enfin Camilla, elle l'a aussi rencontrée en sixième.

En tout cas, cette année s'annonce pleine de surprises et de nouveautés !

— Marion, on y va, c'est l'heure, lui crie sa mère dans les escaliers. Le moment qu'elle redoutait le plus est arrivé, elle devait aller au collège.

Elle a essayé de se faire plutôt belle, c'est sa dernière rentrée au collège, ce n'est pas rien.

Elle a deux tresses africaines, un t-shirt noir chic et un jean large beige.

Durant le trajet pour aller au collège, elle écoute « fetish » d'une de ses chanteuses préférées et échange avec Lillie des sms, pour s'informer quand chacune arrivera au collège.

— Bonne journée Mimi, lui souhaite sa mère accompagnée d'un clin d'œil, lui rappelant que tout se passera bien.

Ce qui fait décompresser Marion, et lui a fait prendre conscience qu'il n'y a pas de raison que sa nouvelle année se passe mal.

Sa mère s'est toujours comment la rassurer, toutes les deux sont très proches.

— Merci maman, à tout à l'heure, bisous.

Arrivée devant le portail, elle rejoint ses amies, qui elles, ont l'air de très bonne humeur.

— Coucou les filles ! leur dit-elle en faisant un câlin à chacune d'entre elles.

A part Lillie qu'elle a revu pendant les vacances, depuis la fin de l'année scolaire dernière, elle n'en avait revu aucune depuis maintenant.

Elles échangent au sujet de leurs vacances et donnent leurs avis sur les classes de cette année.

— Lillie, tu as des amies dans ta classe ? Parce que tu as été la seule du groupe à avoir été mise en 3^{e}2, l'interroge Cléa. Le but de sa question n'était pas d'être méchante, même si elle reste tout de même très maladroite.

— Non, je ne suis pas toute seule, j'ai Ellie avec moi, elle ne devrait pas tarder arriver.

Ellie est une amie à Marion et Lillie, elles se sont rencontrées en faisant du théâtre ensemble l'année dernière.

Elle est nouvelle au collège, elle faisait école à la maison l'année dernière.

Deux minutes plus tard Ellie les rejoint, puis la sonnerie retentit, elle est arrivée tout juste à temps.

Elles se rangent puis la directrice appel les trois classes une par une ; elles se séparent donc.

Lillie et Ellie partent les premières comme elles sont en 3^{e}2 puis vient le tour des 3ᵉ 3 la classe des autres filles. Leur classe est spéciale, la majorité des élèves de cette classe sont des garçons, il n'y a que quelques filles.

Mais bon pas besoin de rêver ils sont tous moches, pense Marion.

Elle qui aurait bien aimé se trouver un coup de cœur comme passe-temps, son plan tombe à l'eau.

Sa professeure principale est Mme Mégot, c'est aussi leur professeure de mathématiques et la directrice de l'établissement, collège et lycée.

Les jours passent ainsi. Plus ils passent plus Marion se dit qu'elle n'a pas sa place dans cette classe, en tout cas c'est ce que les garçons lui font comprendre.

Lors des cours de sport il l'a traite de « merde », « flemmarde », « nulle », « imbécile » et encore pleins d'autres mots dénigrants.

Jusqu'à ce fameux jour de trop où elle éclate en sanglots en sortant du cours de sport. Tout le monde la scrute du regard, ils ne s'attendaient surement pas à ce

qu'elle éclate, et encore moins devant tout le monde.
— Tu vas bien Marion, qu'est-ce qu'il y a ? lui demande une voix qu'elle reconnaissait vaguement. Cela devait être Nelly, une fille de sa classe. Puis tout le monde commence à lui demander si elle va bien et pourquoi elle pleure.
Même un surveillant s'incruste dans le brouhaha.
Heureusement que Kate est là pour la sortir de cette cacophonie. Elle la prend par le bras et l'emmène loin de tout le monde. Kate est une nouvelle amie, c'est une nouvelle élève qui est arrivée en septembre. Un jour au collège elle se sont retrouvée toute seule au même endroit et au même moment, elles ont donc décidé de discuter ensemble et sont devenues assez proches.
Même les terminales qui passaient par là, dévisageaient leur classe. La suppléante des délégués, Méline, arrive vers Marion et Kate.

— Marion, qu'est-ce qu'il se passe ? Ce sont les garçons, c'est ça ? Elle connait Marion depuis l'école primaire et elle a toujours été bienveillante avec elle.
— Oui, j'en peux plus, ils font toujours des mauvaises remarques à mon égard, pourtant je ne leur ai rien fait, sinon pas volontairement.
Marion a un problème aux yeux, elle n'a pas de vision latéral ce qui l'empêche donc de voir certaines balles arriver. En ce moment, ils font du rugby donc c'est compliqué, surtout quand elle est dans une équipe de garçon.
A la suite de cette histoire, la mère de Marion a envoyé un message à Mme Mégot, qui, a tout de suite mis un terme à tout ça.
Après cette petite histoire, tous se passa pour le mieux… enfin dans l'instant…

Chapitre 1 : Des cours particuliers ?!

Quelques mois plus tard, au mois de décembre….

Encore une semaine et c'est le stage de troisième. Marion le fait à l'université où sa mère travaille.
Cette semaine, il y a la réunion des parents et professeurs.
Le jour J arrive, Marion stresse. Elle n'est pas une mauvaise élève mais elle n'a pas des très bonnes notes en mathématiques, donc Mme Mégot en touchera surement un mot à sa mère.
Marion qui est rentrée chez elle, tourne en rond en attendant le retour de sa mère.
Elle n'a plus cours à partir de ce soir car lundi matin elle commence son stage et après, elle est en vacances.
— Coucou, s'exclame Sandy, sa mère en franchissant la porte d'entrée vers 20h30.
Marion est surexcitée à l'idée de ce que sa mère aura à lui dire sur la réunion.
— Alors comment ça s'est passé ?
— Plutôt bien, tes professeurs étaient satisfaits de tes notes en général, sauf en

mathématiques mais je pense que tu es déjà au courant !?

Avec Mme Mégot on a eu une idée, tu devras prendre des cours particuliers pour t'améliorer.

— Quoi ?! Mais quand, comment et avec qui ? Marion est surprise, pleins de questions lui viennent en tête, elle regarde sa mère avec un regard interrogateur.

— Dans ton établissement, avec un lycéen qui est en terminal, il fait maths expert.

Marion ouvre grand les yeux, elle n'en avait aucune envie !

Même si cela allait l'aider, elle risquait de trouver ses cours ennuyant, ça promet.

— Oh non, ça commence quand ?

— Trois semaines après les vacances. De toute façon ne sois pas déçue tout de suite, il faut d'abord qu'elle trouve un jeune qui accepte. Si ça se trouve, elle ne trouvera personne et tu n'auras jamais de cours.

Ce n'était pas faux, qui sait.

Deux semaines après les vacances, le stage est fini et s'est très bien passé,

Marion rentre dans sa voiture, sa mère est venue la chercher au collège. C'est enfin la fin de la semaine.

— Coucou Mimi, ça va ? Tu as passé une bonne journée ?

— Plutôt ouais, je suis exténuée par cette journée, en plus j'ai pleins de devoirs pour lundi.

— Tu les feras demain matin comme ça tu seras tranquille pour le reste du weekend. D'ailleurs Mme Mégot m'a envoyé un mail, elle a trouvé un lycéen qui accepte de te faire des cours de soutien en maths. Elle m'a donné son numéro pour que je le contacte pour planifier les cours.

Marion fait les gros yeux.

— Oh non ! J'avais totalement oublié cette histoire de cours particuliers !

Elle espère juste qu'il sera gentil. En terminal, ils ont entre dix-sept et dix-huit ans, ils sont entre matures et stupides. Et bien sûr, ils sont tous moches.

Sa première réaction était de contacter ses amies pour leur dire la nouvelle.

Elle allait le dire sur le groupe de quatre d'elle Ellie, Kate et Lillie, elle le dira aux autres quand elle les verra.

Marion : *Les filles vous vous souvenez quand je vous ai dit que j'allais peut-être avoir des cours de maths particuliers ?*
Lillie : *Oui*
Marion : *Madame Mégot a trouvé un lycéen qui veut bien m'aider.*
Kate : *Cool*

Quelques semaines plus tard, encore un vendredi, Mme Mégot, durant un cours de mathématiques vient discuter avec Marion.
— Alors ta mère a pu contacter Samuel ?
Marion pensa « Samuel ? » mais c'est qui lui ? Oh ma mère m'en a parlé ce matin, c'est le terminal.
— Ah oui ! Elle lui a envoyé un message, elle attend qu'il réponde.
A la suite de sa réponse, sa professeure lui sourit puis hoche la tête.

— Tu vas voir il est très gentil et très doué.
Très gentil ? Pensa Marion, cela la rassurait, il cochait déjà une case des critères.
A la pause, à dix heures, les filles se rejoignent.
— Alors Marion, tu as hâte de voir Samuel ? plaisante Cléa. Elle lève les yeux au ciel puis répond avec ironie :
— Tu n'imagines pas à quel point.
Le soir quand Marion, rentre chez elle, elle fait part à sa mère de sa discussion avec sa professeure principale.
— D'ailleurs, je l'ai eu au téléphone aujourd'hui, on a choisi ensemble les horaires, tu l'auras le mardi de onze heures quinze à midi dix, et le lundi de dix-sept heures à dix-huit heures.
— Quoi ! Mais c'est les pires horaires du monde. Finir à dix-huit heures, sérieusement, souffle-t-elle.
En plus, elle devra rentrer toute seule chez elle, étant donné que ses amies finissent à dix-sept heures.

— Commence pas à râler, Marion, c'est pour toi ses cours, pour t'améliorer et pour personne d'autre. Et puis ce lycéen prendra sur son temps pour toi, ce qui est très gentil.

Et paf, c'est vrai que sa mère avait raison, Marion se dit qu'il faut qu'elle arrête de prendre tout dans le mauvais sens.

De toute façon elle ne peut rien y faire.

Mais aujourd'hui n'est pas vraiment un très bon jour et Marion n'a aucune envie d'être résiliente, elle vient d'ailleurs de se rendre compte d'un détail, qui lui semble ultime.

Le mardi midi, elle a deux heures pour manger, et elle et sa classe déjeune à onze et quart, puis il y a une deuxième heure de cours où ils ne font rien.

Donc si elle avait un cours de maths à onze heures, elle allait se retrouver toute seule, l'horreur.

— Il y a un problème, je ne peux pas le voir à onze heures.

Elle lui explique donc sa situation, sa mère la comprend tout de suite. Quand

Marion reste toute seule, elle devient comme une victime aux yeux de certaines personnes. Elle a déjà eu des problèmes aux début de l'année et ne veut pas que cela recommence.

— Bon et bien envoie un message à Samuel pour lui demander de bien vouloir trouver un horaire qui vous convient à tous les deux.

Une fois rentrée chez elle, sa mère lui donna le numéro de téléphone de Samuel.

— Envoie lui un message maintenant, il part lundi en voyage scolaire en Espagne, donc si tu le lui envoies trop tard il ne te répondra surement pas.

Même si elle n'en avait aucune envie, elle l'ajouta dans ses contacts « Samuel » puis lui envoya un message.

Marion : *Bonsoir, c'est Marion. Ma mère m'a donnée les horaires pour les cours de soutien, mais il y a un problème avec celui du mardi à onze heures. Est-ce que nous pourrions trouver un autre horaire. Bonne soirée.*

— C'est bon, c'est envoyé.

Marion, curieuse se demande à quoi ressemble ce Samuel. Elle voulait regarder s'il avait un compte sur un réseau social, elle devrait le trouver facilement.

Elle a vu qu'il l'avait déjà ajouté dans ses contacts.

Elle s'attend à ce que ce soit un geek, avec des lunettes, cheveux bruns et appareil dentaire. Ou un autre style de mec, bref, elle est persuadée qu'il sera moche.

Elle clique sur son prénom, OH MON DIEU.

Il est tellement beau !

Finalement les cours ne seront peut-être pas si ennuyeux que ça.

Chapitre 2 : Premier regard

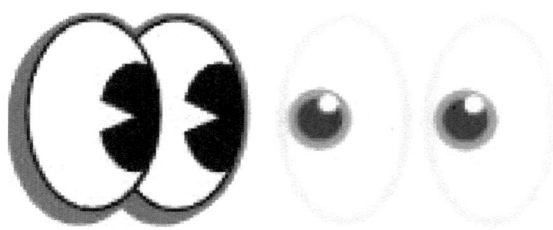

Samuel est incroyablement beau.
Il est blond aux cheveux bouclés, il a un nez assez fin et les yeux foncés, Marion n'arrive pas à voir s'ils sont verts ou marrons.
Il est in-cro-ya-ble-ment beau.
Même si cette photo a dû être prise il y a un moment car il n'a pas l'air d'avoir dix-sept ans.
Soudain, « Samuel » s'affiche sur l'écran du portable de Marion, il vient de répondre à son message.

Samuel : *Bonsoir Marion, je serai de retour au lycée vendredi prochain. Nous pourrons en reparler à ce moment-là. Bonne soirée.*

Marion décide tout de suite de prendre une capture d'écran et de l'envoyer à ses amies, leurs seules réponses sont qu'il a l'air jeune et lui demander les horaires de son cours.

Elle poursuivi sa soirée et pensa à la semaine prochaine, qui allait être mouvementée.

Aujourd'hui c'est le vingt-neuf janvier, et nous sommes un lundi, le fameux jour, Marion va rencontrer Samuel et avoir son premier cours avec lui. Le seul inconvénient est qu'elle finira à dix-huit heures.

Elle commence à 10 heure avec orientation, pendant cette heure-ci, ils travailleront sur leur oral de stage, qu'ils présenteront mercredi.

Kate et Marion se rejoignent devant le portail de l'établissement, à cette heure si c'est la récréation.

Elle rentre donc et vont discuter avec Ellie et Lillie.

C'est enfin midi, leur cour d'Histoire-Géographie vient de se terminer.

La classe de Marion, les 3^{e}C n'ont qu'une heure pour manger comparé à celle de Lillie et Ellie.

Donc elles ne s'attendent pas pour partir déjeuner.

— Kate, on risque de croiser Samuel, si on le reconnaît bien sûr.

— J'ai hâte de voir à quoi il ressemble.

Notre classe est appelée et nous faisons donc la queue pour aller manger. Quand des terminales arrivent pour faire une deuxième queue.

— Je ne vois pas Samuel, c'est bizarre, commence par dire Marion.

— Attends, il y a un blond et un brun qui arrive, je crois que c'est lui.

Marion se retourne, mais non ça ne pouvait pas être lui.

Une fois dix-sept heure, Maïna, Kate, Ellie et Lillie accompagne Marion devant la vie scolaire, là où Samuel lui avait donnée rendez-vous.

Chapitre 3 : seulement le commencement

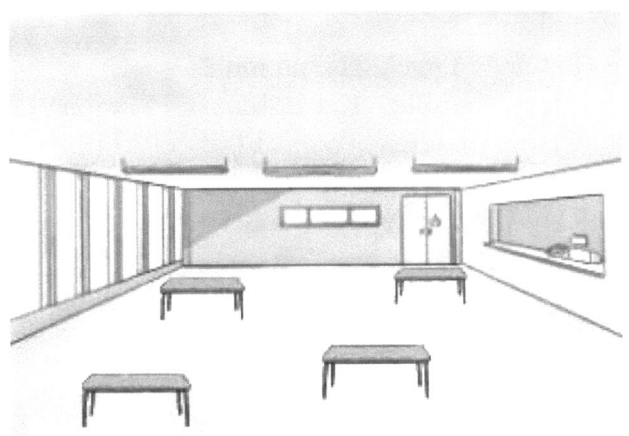

Quelques-mois plus-tard,
— Mon Dieu !
C'est à partir de ce moment-là que leur histoire prend une autre tournure.
Mais avant ça, un retour en arrière est nécessaire pour mieux comprendre l'histoire.
Le lundi 6 mai 2024, un midi,
Cléa, Camilla, Kate, Maïna, Marion, Claire, Laura, Paul, Ellie et Lillie aimeraient manger ensemble.
Le problème, ils ne sont pas tous dans la même classe.
Ils ne reprennent pas les cours à la même heure donc ne déjeunent pas en même temps.
— Les troisièmes C, appelle la surveillante Flore au mégaphone.
Maïna, Kate, Marion, Camilla et Cléa se dirigent alors vers la file du self.
— Marion ! s'exclame Cléa en levant les sourcils de manières répétitives en dirigeant son regard vers une certaine personne.

C'est Samuel, ce terminal, blond aux cheveux bouclés et longs, avec les yeux foncés.

Celui qui donne des cours particuliers à Marion, car elle a des difficultés en mathématiques.

Il est très gentil même s'il change souvent d'humeur.

C'est aussi le coup de cœur du moment de Marion si vous ne l'aviez pas compris.

— Il est trop beau… répond Marion, ce qui fait soupirer Kate qui n'en peut plus d'entendre constamment parler de lui.

Mais ce qui fait rire ses autres amies.

— Est-ce qu'il y a des troisièmes B ? questionne Flore, avec son mégaphone juste au niveau des oreilles des filles, ce qui les fait grimacer.

Elle l'a dit comme s'il y avait une urgence.

La classe de troisièmes B est la classe de Lillie et Ellie.

A la suite de cette annonce, une fille qui fait partie du groupe de Samuel montre les filles du doigt, il se retourne donc pour les regarder, ce qui fait sourire Cléa et Camilla.

Derrière elles, un groupe de troisièmes B, lèvent leurs mains, la surveillante les oblige ainsi à quitter la queue et à la suivre.

Une fois dans le self, les filles prennent un plateau et s'installent à une table.

Tout se passe bien, elles se racontent des anecdotes et des histoires en tous genres.

— OH. MON. DIEU ! hurle Maïna, sa voix résonne dans toute la cantine, tout le monde est tourné vers elle.

Les filles se penchent sur son assiette pour voir ce qui a pu provoquer cette réaction.

Il y avait du sang dans l'assiette de Maïna et une touffe de cheveux comme s'ils avaient été arrachés.

Cléa bondit de sa chaise et part prévenir une surveillante, Flore.

— Je me permets, dit-elle en prenant l'assiette et en l'analysant. Je t'en rapporte une autre et je transmets l'information au cuisinier.

Elle dit cela, comme si ce qui se trouve dans l'assiette est « normal ».

Maïna la regarde perplexe, elle est devenue toute pâle et n'ose plus parler.

— Non merci, je n'ai plus vraiment faim.

Ses amies, elles aussi, ont perdu l'appétit. Elles décident donc de partir d'ici et d'aller s'aérer l'esprit dans l'enceinte de l'établissement.

— J'enverrai la photo à Mme Mégot, affirme Camilla, qui a eu le temps de prendre une photo de l'assiette, Mme Mégot, elle, leur directrice et leur professeur principal et professeur de mathématiques.

Au même moment où elles se lèvent, Samuel et deux de ses amis arrivent.

Camilla et Cléa en profitent donc pour dire le prénom de Marion plusieurs fois assez fort pour que Samuel puisse l'entendre.

Maïna et Kate, elles rient, Marion, elle, regarde le sol, gênée.

Quand les garçons de la classe arrivent et prononcent son prénom encore plus fort.

— Marion, si elles t'embêtent, tu nous le dis, hein, et on t'aide, informe Noa, un des garçons.
Si Samuel n'a pas remarqué qu'elle est là, il le fait exprès…
Arrivées dehors, elles s'assoient sur un banc, et restent pensives durant plusieurs minutes.
— Humm, les filles, une petite question me traquasse l'esprit depuis tout à l'heure. Les cheveux, ils appartenaient bien à quelqu'un, mais à qui ? s'inquiète Marion en triturant ses doigts.
— Et surtout comment va la personne. Car la masse du sang était quand même importante pour quelques cheveux, complète Cléa.
Maïna reste muette, mais acquiesce.
Elle souhaiterait surement oublier tout ça.
— Nous devons trouver de qui il s'agit, déclare Kate, prête à découvrir la vérité.
Elles échangent un regard puis déclare :
— Nous commencerons l'enquête ce soir.

Chapitre 4 : Le début de la fin

— Juste, je finis à dix-huit heures, car j'ai mon cours de soutien maths.
— Avec Samuel ! complète Cléa.
— Nous t'attendrons, ne t'inquiète pas. On se rejoint à dix-huit heures vingt chez Marion, ça vous va ? propose Kate.
Les filles acquiescent.
Puis la journée continue, arrivée dix-sept heures et quart, Marion se dirige vers la salle dans laquelle elle fait soutien juste à côté du bureau de Mme Mégot. Et y trouve Samuel, qui l'attendait.
— Bonsoir Marion.
— Bonsoir, lui répond-elle en lui rendant son sourire d'une voix timide.
Mme Mégot est dans son bureau, et la pièce dans laquelle ils vont est juste à côté.
Samuel toque à la porte de son bureau, qui est déjà ouvert.
— Bonsoir, on peut s'installer dans la salle d'à côté ?
— Ce soir, vous ne pourrez pas, désolée, je finis dans pas longtemps et je devrais fermer à clé la pièce. Allez voir Flore, elle

vous ouvrira la petite salle en face de la vie scolaire, leur explique-t-elle.

Flore est la surveillante qui fait étude le soir pour les élèves qui le souhaitent.

— D'accord, merci, répond-il, Marion et lui, souhaitent à Mme Mégot une bonne soirée, puis se dirigent vers le bureau de la vie scolaire.

Comme prévu, ils trouvent Flore qui leur adresse un regard de travers.

— Bonsoir, est-ce que nous pouvons aller dans la petite salle ? Pour faire soutien avec Marion, lui demande-t-il.

— Oui, pas de problème.

Elle marque une pause dans sa phrase, les observent, puis les questionnent :

— Je peux savoir en quelle matière ? Elle le dit avec une manière de parler, on dirait qu'elle est méprisante, condescendante ou bien mauvaise.

Alors qu'elle n'est qu'une simple surveillante.

— Oui, c'est en mathématiques, c'est encore Samuel qui répond, Marion est derrière lui et ne dit rien.

Elle leur ouvre la salle et les laisse tous seuls, et part dans une salle de classe juste à côté.

Durant l'heure, tous se passent bien, même si Marion a hâte de rentrer chez elle pour voir ses amies.

A un moment, elle entend Flore parler à une personne et elle préfère écouter leur conversation que se concentrer sur les exercices que Samuel lui a donnés.

Comme si cela était une priorité.

« Des troisièmes ont déjà trouvé le premier indice, il faut qu'on soit prudent, rien ne doit se passer avant vendredi. »

C'est tout ce que Marion parvient à entendre.

Elle se demande de quoi Flore peut bien parler, quand elle se fait couper de ses pensées par Samuel.

— Alors, tu as trouvé quelque chose ?

Heureusement qu'ils font de la trigonométrie, et que Marion maîtrise plutôt bien ce chapitre-là, elle a déjà fini son exercice.

Elle hoche la tête comme réponse.

— Je peux ? demande-t-il avant d'avoir son accord et de prendre sa feuille pour vérifier ses réponses.

— Tu peux m'expliquer comment tu as trouvé ça ?

Marion n'ose pas lui répondre, elle a peur de se tromper et de dire des bêtises.

Il le voit.

— Je suis d'accord avec tes réponses, je veux juste savoir comment tu as résonné, lui explique-t-il en lui souriant. Elle hoche la tête, mais elle n'arrive pas à lui répondre, il la fixe, attendant une réponse, ce qui ne l'aide pas non plus.

Sentir son regard sur elle la stresse encore plus et l'intimide.

— Bon, ce n'est pas grave, annonce-t-il déçu, à moitié énervé.

— Désolé, mais je ne sais pas comment l'expliquer et j'ai peur de me tromper, déclare-t-elle en le coupant avant qu'il ne continue sa phrase.

Il lui sourit avant de dire :

— Nous allons le faire ensemble. Une fois l'explication finie, Marion perd tout son stress.

— Tu vois, tu as réussi. Il faut vraiment que tu ai confiances en toi.

Puis l'heure passe normalement jusqu'à ce que Flore les interrompe.

— C'est l'heure, rangez vos affaires, je vais ouvrir le portail, les prévient-elle.

Ils rangent leurs affaires et la suivent. La sonnerie retentit et la dizaine d'élèves sort du collège.

— Bonne soirée, à vendredi, lui dit-il un sourire aux lèvres, qu'elle lui rend en lui souhaitant également une bonne soirée.

Samuel dit bonsoir au père de Marion quand il passe à côté de lui.

Puis, il rentre dans sa voiture avec sa grand-mère.

— Coucou papa, dit Marion en rentrant dans sa voiture.

Elle lui demande si ses amies peuvent venir chez eux pour « réviser », elle ne peut pas lui révéler la vérité, lui et sa mère lui dirait de ne pas s'occuper de cette histoire.

— Oui, pas de problème, mais demain, vous avez cours, donc elles ne partiront pas après vingt heures, déclare-t-il avant de lancer la voiture. Samuel les regarde furtivement avant qu'ils ne partent.

Marion écoute sa musique « wet dreams » d'un artiste qu'elle aime bien et envoie un message à ses amies pour leur dire de se rejoindre chez elle.

Demain, elle a soutien avec Samuel à midi. Elle a hâte et pas hâte à la fois.

Quelques minutes plus tard, ses amies arrivent. Elles vont dans la chambre de Marion et prennent un carnet.

— Il faut qu'on lui trouve un nom, soit un nom de code, pour que personne ne soit tenté de l'ouvrir et qui n'ait aucun rapport avec ce qu'il y a à l'intérieur, commence par dire Kate, en parlant du carnet.

— Ou, un nom qui a vraiment un rapport avec ce qu'il y a dedans, mais que personne ne doit donc lire, où trouver, complète Camilla.

— Bon, nous trouverons un nom plus tard, là ce n'est pas le plus important, annonce Cléa, elle sort une photo, celle de l'assiette de Maïna, Camilla a surement dû lui envoyer.

Elles décident de coller cette photo sur la quatrième page et de laisser celles d'avant blanches si jamais elles ont d'autres choses à mettre dessus.

En dessous de cette photo, Marion écrit la date ou cette photo a été prise et l'heure.

Puis mets les détails, de ce qui se trouve sur cette photo.

Et mets plusieurs questions comme :

« À qui appartiennent ses cheveux ? », « comment sont-ils arrivés là » et « qui les a mis dans cette assiette ? ».

Mais malheureusement, toutes ses questions ont un point commun : les filles ne connaissent pas leurs réponses.

— Comment allons-nous faire pour trouver toutes ses réponses, c'est presque impossible ! soupire Maïna, qui n'a pas entièrement tort, cela risque d'être compliqué.

— Quasiment oui, tu l'as dit, ça veut donc dire que nous avons au moins une chance et que ce n'est pas infaisable de les trouver, déclare Camilla qui, elle, ne se désespère pas.

— Bon, il est tard, et je ne pense pas que l'on trouvera des réponses maintenant, nous sommes toutes épuisées. Il vaut mieux que nous rentions chez nous, réfléchit Cléa, elle a d'énormes cernes et les paupières lourdes.

— Oui, bisous les filles, à demain.

Une fois que les filles soient parties, Marion met en sécurité le carnet, pour que sa mère ne le découvre pas, car elle aime bien fouiller dans ses affaires.

Arrivé le lendemain matin, tout se passe normalement, jusqu'à ce que Marion arrive au collège et que ses amies lui sautent dessus, elles ont l'air surexcitées surtout Lillie et Ellie.

— Marion nous venons d'apprendre pleins de nouvelles informations, mais, c'est encore plus complexe que tout ce que nous aurions pu imaginer, commence par expliquer Kate en la prenant par le bras pour s'éloigner des autres élèves.

— Monsieur David a disparu, dit soudain Ellie. Avant que Maïna ne poursuive :

— C'est pour ça que Flore a appelé les troisième B hier quand nous attendions pour rentrer dans le self. Ils ont été convoqués car ils avaient cours avec lui à 16 heures. Depuis vendredi il ne donne aucune nouvelle, même à sa famille.

— Ils vont même ouvrir une enquête, intervient Lillie.

M. David est un professeur de physique chimie, il ne fait pas partie des professeurs des troisième C mais des troisième A et B.

Il est détesté par quasiment tous les élèves C'est horrible mais c'est la vérité, et il n'y a que la vérité qui blesse.

Il est connu pour avoir d'une réputation de pervers envers les filles, parfois il regarde les poches du derrière des pantalons des filles et leur demande d'enlever leurs téléphones de cette poche car, il ne l'autorise pas en cours, mais pourquoi regarde-t-il à cet endroit-là ?

Quand il interroge des élèves, il n'interroge que des filles, même celles qui ne lèvent pas la main, mais jamais les garçons, même ceux qui lèvent la main.
Normalement, à présent vous savez tous sur lui ou du moins le plus important.
Tous les professeurs ont l'air perturbé par cette nouvelle.
Mais il ne faut pas s'affoler, il reviendra peut-être, ou il donnera peut-être un signe de vie dans quelques temps, ou pas.

Chapitre 5 : Ça pu

Mardi, Marion est toute seule à manger à la cantine, ses amies n'ont soit pas les mêmes horaires où soit elles ne mangent pas à la cantine.

Elle prend un livre avec elle pour se sentir moins seul.

Rafael, un ami à elle qu'elle connaît depuis la primaire, lui aussi paraît tout seul.

— Coucou tu vas bien ? demande-t-il, ils discutent ensemble puis partent manger, ils s'installent à une table tous les deux l'un en face de l'autre, se racontant tous les souvenirs d'enfance qu'ils ont eu ensemble, ils en pleurent de rires.

Ils s'esclaffent quand Samuel passe juste à côté d'eux pour aller débarrasser ses affaires, ils les fixent longuement, sans sourire.

Quelques minutes plus tard, Marion et son ami débarrassent à leur tour leur plateau, puis Marion part à son cours de soutien avec Samuel.

Tous les eux se saluent puis partent dans la salle en face de la vie scolaire.

Samuel donne de nouvelles cartes mentales à Marion et l'entraine avec d'anciens sujets de brevet.

— Oh, il y a un piano, tu penses que nous pouvons en jouer ? questionne Cloé à Méline en entrant dans la petite salle, Marion est dos à elles mais reconnaît la voix de ses deux camarades de classe, mais Samuel qui est assis en face de Marion est en face des deux jeunes filles.

— Oh mais c'est Marion ! Waouh... S'exclame Cloé quand elle l'aperçoit, vu son ton, elle et Méline lui sourient surement.

Marion lève la tête mais ne se tourne pas vers ses deux camarades, mais elle analyse la réaction de Samuel, qui regarde Méline ainsi que Cloé puis Marion et lui sourit.

— Marion tu es trop belle ! s'exclame Cloé en quittant la salle.

Puis ils continuent les exercices.

— Tu fais quel filière l'année prochaine ? interroge Samuel à Marion, après que la sonnerie est retentie en quittant la salle.

— La filière générale, l'informe-t-elle.

— D'accord, je te souhaite une belle fin de journée.

— Bon après-midi, souhaite-t-elle avant que leurs chemins ne se séparent.

Trois jours plus tard, M. David n'est toujours pas revenu, les professeurs refusent de parler aux élèves de quoi que ce soit. La police est venue dans chaque classe pour poser quelques questions.

Les filles elles ne continuent pas leur enquête tant qu'elle n'ont pas d'autres éléments pour continuer, elles arrêtent.

Aujourd'hui, c'est vendredi, Marion se demande s'il ne se passera pas quelque chose aujourd'hui.

Lundi soir, elle avait entendu Flore parler d'aujourd'hui, que rien ne devrait se produire avant aujourd'hui.

Elle a totalement oublié d'en parler à ses amies, elle hésite à le faire d'ailleurs.

Aujourd'hui, elle voit Samuel, sa seule motivation pour aller au collège.

Habituellement, il n'a pas cours le vendredi, mais là il vient pour Marion.

Aujourd'hui les filles commencent leur journée avec un entrainement à l'ASSR 2, un diplôme de sécurité routière, qui dure toute la journée.

L'entrainement se déroule dans la salle informatique.

Kate et Marion sont dans la rangée de devant, Kate à côté du mur et Marion est à côté d'elle et de Nel et encore à coté Liliana.

Tous les ordinateurs marchent très bien, mise appart celui de Marion, qui a un virus.

— Tu n'as vraiment pas de chances, se moque gentiment Nel. Ses camarades lui conseillent de le dire à la sous-préfète des études, qui les surveille.

Lorsqu'une croix apparait sur l'écran, elle clique dessus et le virus disparait, elle est rassurée et commence son examen.

Durant l'heure Nel lui pose quelques questions.

Elle et Marion finissent en même temps, les quatre autres amies de Marie sont déjà parties à l'amphithéâtre, le lieu où ils doivent se rendre quand ils ont terminé est là-bas.

Quand les résultats s'affichent sur leurs écrans, Nel commence à rire, Marion a obtenu dix sur vingt et elle douze sur vingt.

— Vous avez eu des bons scores ? demande le sous-préfet des études.

Elles répondent et Nel prends le soin d'ajouter :

— Au moins j'ai eu plus que Marion.

En direction de l'amphithéâtre, sur le chemin elles entendent une personne pleurée mais ne la voit pas.

Elles tournent la tête, l'une vers l'autre puis haussent les épaules ne voyant personne.

Une fois dans l'amphithéâtre, elles se séparent, Marion retrouve ses amies.

— J'ai eu dix, rit Marion honteuse.

— Oh moi aussi ! s'écrit Maïna en lui faisant un check en riant, elles n'étaient pas seules.

Arrivée treize heures, Cléa, Camilla, Kate et Maïna accompagnent Marion au secrétariat à son cours de mathématiques. Quand Samuel arrive dans le hall, Cléa s'écrit :

— Oh il a enfin changé de pull, pour une fois.

A la suite de ses paroles, Kate lui tape l'épaule et lui dit d'être plus discrète car il n'est pas loin.

Camilla fait par la suite une blague sur les machines à laver…

Voyant que le lycéen les regardent Cléa décide de parler de son coup de cœur.

En disant qu'il était incroyable aujourd'hui.

Samuel arrive près d'elles et tous les deux vont dans une petite salle dans le secrétariat.

Les deux secrétaires ainsi qu'un surveillant et Mme Mégot sont là.

— Alors aujourd'hui, ça te va si ont fait les fonctions ? lui propose-t-il, elle acquiesce.

Il commence les exercices et tout se passe bien, Marion à compris ce chapitre-là, il y a moins d'une heure elle aurait eu tout faux à ses exercices mais maintenant elle a compris.

— Très bien, alors si tu as compris cet exercice, je te laisse faire le suivant.

Quand elle finit de faire son exercice, elle se concentre sur une discussion devant la porte de la pièce où ils se trouvent.

— Il ne reviendra pas, depuis la semaine dernière il disait vouloir partir. Qu'il ne voulait pas attendre sa retraite qui est dans trois ans, annonce Mme Mégot avec désespoir.

— Ça nous fera des vacances, il ne manquera à personne, réplique un professeur que Marion ne connait pas.

— De toute façon j'ai déjà retrouvé un remplaçant, informe la directrice, ce qui étonne Marion, il n'est absent seulement depuis trois jours.

Elle ne porte pas ce professeur dans son cœur mais cela la perturbe, il a été son professeur durant deux ans et une année son professeur principale.

Samuel lui fronce les sourcils, comme s'il a l'impression d'avoir mal entendu.

Il regarde Marion durant de nombreuses secondes, ou bien regarde derrière Marion.

Marion préfère la deuxième option, il fait souvent ça avant de lui parler.

Marion elle regarde sa feuille et vérifie qu'elle n'a pas fait d'erreur.

— Tu as finis ?

— Oui, il lui prend sa feuille et regarde ses réponses.

— Je suis d'accord avec tes réponses.

Puis elle continue ses exercices, à un moment Léane et Clarisse, des "amies" à elle rentrent dans le secrétariat car l'infermière s'y trouve, et qu'une d'entre elle s'y trouve.

— Qu'est-ce que vous voulez les filles ? leur demande une surveillante, Maria, la préférée de Marion.

— J'ai mal au ventre, commence par dire Léane avant d'éclater de rire suivie par Clarisse.

— C'est un problème de fille c'est ça ?
Et elles repartent en fou rire.
Samuel se retourne durant une seconde et les observe, ou bien il les juge intérieurement.
Samuel écoute aussi leur discussion.

— Non mais je dois savoir, si tu veux je vais faire chauffer de l'eau et je te la mets dans une bouillote, propose la surveillante.

— Oui s'il vous plaît, répond Léane.
Samuel se tourne vers Marion qui regarde avec incompréhension ses amies, elles se comportaient comme des pétasses.
Une fois l'heure finie, ils rangent leurs affaires.

— Je te souhaites une bonne après-midi et un bon weekend, annonce-t-il avec un sourire aux lèvres, se sourire qui l'a fait craquer.

— Bon weekend, lui souhaite-t-elle en souriant.

Kate et Cléa l'attendent devant le secrétariat, quand Kate vois Marion suivis de Samuel, elle la prend par le bras et lui fait un câlin.

Puis se dirigent vers leurs prochain cours, physique-chimie.

— Alors qu'avez-vous fait quoi ? Les fonctions ? s'exclame Cléa assez fort en riant pensant qu'elle a tort.

— Oui ! lui répond Marion en riant à son tour, ce qui fit rire Kate, qui lui serre toujours le bras.

— Oh, je suis trop forte ! rit Cléa, en faisant un check à Marion.

Quand un garçon de leur classe, Jules débarque et lui dit qu'elle est nulle, visant Cléa qui se vantait.

Marion tourne la tête et voit que Samuel les regarde, ce qui la fit rougir.

Les troisièmes C ont cours de physique chimie avec Mme Moulin, la collègue de M. David, elle arrive toujours en retard.

Les élèves attendent dehors devant le laboratoire, ils savent que leur professeure n'est pas encore arrivée car il n'y a pas de lumière dans la salle.

Toute leur classe fait n'importe quoi, une partie du rang est devant et se roule sur le sol, une autre regarde le sol s'appuie sur le mur du laboratoire, désespérée et une autre parle et se tape en même temps.

Les filles sont situées à deux mètres du reste de la classe, Camilla est affalée sur le mur, elle a l'air triste, Maïna est aussi appuyée sur le mur mais elle écoute Kate et Marion discuter. Cléa elle n'arrête pas de bouger et parler aux autres.

— Tu ne trouves pas que nous avons une classe étrange regarde les, certains font amis-amis avec le sol, d'autres hurlent ou encore d'autres ont l'air dépressifs juge Marion en parlant à Kate.

Quand un orage retentit juste à côté ce qui fait sursauter tout le monde, et fait arrêter toutes actions.

Quelques secondes après tout le monde reprend ce qu'il faisait mais en pire, ce qui fait exploser de rire Marion et Kate, Marion mets sa main sur son ventre, tellement elle rit, cela lu fait mal. Kate aussi est pliée en deux.

Quelqu'un racle sa gorge d'une manière très forte pour qu'elles parviennent à l'entendre.

Et crie « Marionnnn » avec une voix pleine de sous-entendus.

Les deux amies lèvent la tête et voient Samuel entrain de marcher devant elles, cela faisait un moment qu'il devait être là, il fixe Marion tout le long ou il marche jusqu'à ce qu'il la dépasse et continue de marcher derrière elle.

Marion qui n'a toujours pas finit de rire, comme Kate se retournent chacune l'une vers l'autre et rigolent encore plus en se tenant la main.

— Nel, est au courant ? questionne Maïna, en haussant les sourcils répétitivement avec un sourire en coin.

— Pourquoi tu dis ça ?

— Bah c'est elle qui vient de crier ton prénom.

— Ah oui, je lui ai dit, en fait toute la classe est presque au courant…

Elles observent autour d'elles, toute la classe l'analyse.

— Marion ! s'exclament plusieurs de ses camarades, ils sont au moins huit, dont deux garçons.

— Je vous ai vus tout à l'heure avec Mme Duc, informe Kiara, une amie de Nel, accompagné de Méline et Jayla deux jumelles et de Lia.

— Marion, Kate, vous pouvez venir m'aidez s'il vous plaît ? demande Mme Moulin en arrivant, elle tient deux énormes sacs dans chaque main.

Maïna, Camilla et Cléa les suivent.

La professeure donne les clés à Marion et un de ses sacs à Kate.

— Marion, tu peux ouvrir la porte s'il te plaît ? Et Kate je veux bien que tu mettes mon sac sur le bureau.

Cette professeure est assez gentille du moins avec elles.

Elle est âgée de cinquante ans surement, métisse et est toute petite, elle mesure un mètre cinquante maximum.

Marion déverrouille la porte, appuie sur la poignée puis la pousse en ouvrant la porte puis hurle.

Kate elle lâche tous ce qu'elle tient dans ses mains.

— Oh mon dieu, éloignez-vous, tous ! ordonne la professeure avant de perdre l'équilibre et de tomber dans les pommes.

Camilla elle part en courant en pleurs suivie par Cléa qui lui court après les mains tremblantes.

Quand une odeur s'abat sur elles, une odeur chimique.

Marion et Kate s'écartent laissant malencontreusement, la porte ouverte.

Tous les élèves de la classe se précipitent pour aller voir ce qui a provoquer cette réaction.

— Oh merde ! crient certains.

La plupart devienne pâle, ce qui n'est pas étonnant face à **ça.**

Les délégués partent informer leur directrice et professeur principale de ce qu'ils viennent de découvrir.

Marion et Kate sont assises par terre, la tête dans les bras et les genoux repliés vers elles, elles n'osent plus bouger, Marion est sur le bord de la crise d'angoisse elle essaye de ne plus penser à rien et de respirer profondément.

Elles sont parties à l'autre bout du laboratoire, le plus loin possible.

Comment vous auriez réagi vous, si vous aviez retrouvé votre ancien professeur de physique chimie mort ?

Chapitre 6 : la goutte qui fait déborder le vase

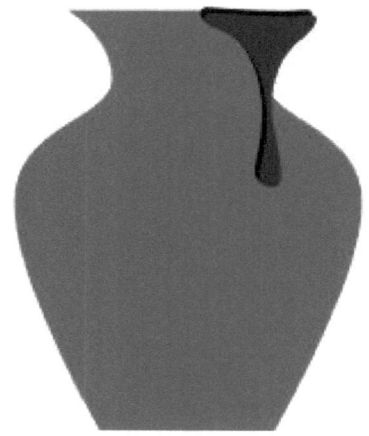

Qui aurait pu croire, qu'elles retrouveraient leur professeur mort ?
Et oui, c'est M. David qui a été retrouvé mort.
Et oui, ce n'était vraiment pas beau à voir.
Et oui, c'est traumatisant.
Les cinq filles sont actuellement à l'infirmière, assises l'infirmière leur a donné un soda et des gâteaux.
Mais après cet incident elles n'ont rien envie d'avaler.
Actuellement elles doivent avoir physique, après l'incident, l'établissement à envoyer un message à tous les parents des élèves pour qu'ils viennent les chercher.
Ils les ont aussi informés qu'une aide psychologique sera mise en place pour tout le monde mais surtout pour les troisièmes C, qui ont vu la scène.
Les camarades des cinq jeunes filles eux, attendent dans la cour.
— Les cheveux… les cheveux qui se trouvaient dans ton assiette Maïna, c'étaient ceux… de monsieur David…

Quand j'ai vu son corps… en plus de son début de calvitie, il lui manquait une partie de ses cheveux… a cette endroit-là, il y avait du sang, essaye d'expliquer Marion.

— Oui, je l'ai vu aussi, avoue Maïna complètement dépassée par la situation.

— Les filles vos parents sont là, vous pouvez y allez. La police, la gendarmerie et le SAMU sont arrivés

Elles se lèvent toujours dans leurs pensées. Quand elles sortent de la pièce et se trouvent toujours dans l'enceinte de l'établissement, elles peuvent apercevoir les gyrophares des voitures de gendarmerie, et ceux de l'ambulance.

Une fois dehors, les élèves ainsi que le personnel de l'établissement n'ont plus les mêmes expressions, avant ils étaient stressés et perdus.

Maintenant ils sont apeurés et choqués.

— Mesdemoiselles ne bouger plus ! s'écrie un homme portant l'uniforme de la gendarmerie.

Etonnées, elles s'immobilisent, ne sachant plus quoi penser. Qu'avaient-elles bien pu faire ?

Leurs parents se positionnent juste derrière les gendarmes, leurs mères ont les larmes aux yeux et leurs pères ont l'air très contrarie

— Nous devons vous poser des questions, vous êtes les dernières personnes à avoir vu le corps de monsieur David, et c'est vous-même qui l'aviez découvert. Son corps **a disparu**, juste avant notre arrivée. Mais comment est-ce possible, elles qui pensaient rentrer chez elles et se reposer, cela risque d'être compliqué, puisqu'elles sont convoquées au commissariat, avec leurs parents.

Le commissaire les convoque chacune leur tour.

— Alors je vais te poser deux questions : Lorsque vous avez découvert le corps qu'avez-vous fait ?

Et connais-tu une personne qui aurait voulu sa mort ?

La première à être interroger est Marion, sa mère lui prend la main pour la rassurer. Marion pense que s'il lui pose ses questions c'est qu'il s'agit d'un meurtre.

— Quand j'ai vu son corps j'ai tout de suite crié et me suis éloignée de la pièce, puis je me suis assise sur le sol car j'avais le tournis.

Je ne connais personne qui souhaite la mort de monsieur David, même si presque personne ne le porte dans son cœur, je ne vois personne capable de le tuer.

Il la regarde réfléchissant à ce qui l'allait dire puis poursuit :

— Tous le monde ne le portait pas dans son cœur ? Comment ça ?

Elle inspire puis déclare :

— Il avait certains problèmes au collège, certains le disait pervers, et ils n'avaient pas tort.

Elle lui explique tous, sauf un détail, qu'elle ne préfère pas révéler, elle, Sylvain un camarade de classe et M. David ont eu un petit différent tous les trois, cette année, s'est lui qui a corrigé leur brevet blanc en physique, il les a accusés de tricherie, ce qui ne leur a pas vraiment plus sachant qu'ils ne sont pas des mauvais élèves.

Surtout que durant l'examen, tous les deux n'étaient pas du tout assis à côté.

Mais après tout, ce n'est qu'un simple détail.

— D'accord, c'est tout pour aujourd'hui.

Et une de libéré, vient maintenant le tour de Kate, puis Cléa, Camilla et Maïna, elles n'ajoutent rien de nouveaux, mise appart leurs réactions qui étaient toutes différentes.

Kate, elle a lâché le sac de sa professeure.

Maïna elle a hurlé et s'est assise sur le sol comme Marion.

Cléa a suivi Camilla aux toilettes, Camilla à expliquer qu'elle a déjà vécu une scène comme ça dans le passé.

Et que ce souvenir est remonté à la surface, elle n'a pas pu se contrôler.

Elles passent toutes les quatre le weekend pensives, à regarder Netflix toute la journée.

A un moment dans la journée, Sandy la mère de Marion l'appelle.

— J'arrive ! s'exclame Marion en descendant les escaliers.

Et elle ne s'attend surement pas à ce que sa mère va lui annoncer.

— Tu connais Jérôme Nicole ? Il parait qu'il est en troisième dans ton collège.

Marion, voit très bien de qui elle parle, on peut dire que c'est un ami à elle.

Elle acquiesce.

— Il a disparu, lui annonce sa mère.

Marion écarquille ses yeux, on pourrait croire qu'ils vont tomber.

— Quoi ? Mais depuis combien de temps ?

— Depuis 48 heures, ils n'ont aucune piste pour le moment.

Marion s'enfuie dans sa chambre et crie dans son oreiller, elle décide ensuite d'appeler ses six amies.

Arrivé lundi matin, le weekend est fini, les filles ont décidé d'enquêter, s'il y a un coupable, il est forcément dans l'enceinte de l'établissement.

Les cinq jeunes filles, hier, ont donc pu ressortir leur carnet.

Parmi les éléments qu'elles ont pu rajouter il y a en premier le décès de M. David suivi du jour où il a été découvert.

Mais il y a aussi un autre élément, la liste des suspects, dont leur surveillante Flore est la première.

Aujourd'hui tous les cours de leur journée se passent différemment

A tous les cours les élèves sont amenés à parler de ce qu'ils veulent, débattre sur des sujets ou bien à échanger sur l'incident, sans trop rentrer dans les détails.

Arrivé dix-sept heure quinze, Marion se dirige en direction de la salle où elle retrouve Samuel.

Quand il l'aperçoit il s'approche et la regarde inquiet.

— Bonsoir Marion, dit-il en la regardant toujours inquiet.

— Bonsoir, lui répond-t-elle, en lui souriant comme pour le rassurer.

— Ça va ? la questionne-t-il, elle hoche la tête comme signe de réponse, et c'est vrai elle se sent beaucoup mieux.

Ce soir Marion est exténuée, elle n'arrive plus à réfléchir, en plus de ça, elle n'apprécie pas ce qu'ils sont en train de travailler.

Le théorème de Thalès.

Elle a faux à pratiquement tous les exercices.

Elle se demande comment Samuel fait pour garder son calme et ne pas s'énerver. Quand il y a un blanc, Marion se concentre sur autre chose que ses exercices, sur Mme Mégot, qui discute avec le préfet des études, M. Martinet.

— Les gendarmes ont appelés, ils nous ont dit les résultats de l'analyse de l'air. Plusieurs élèves leur ont dit que dans la salle, il y avait une odeur infecte.

Les analyses ont révélé, qu'il y a eu un mélange de produits chimiques important a pu être mortel, comme les portes étaient closes, l'air ne se renouvelait pas.

Il s'agit donc surement d'un meurtre, nous devons être très vigilent dès à présent.

Voyant que Marion écoute la conversation et qu'elle est maintenant surprise, Samuel décide de lui parler :

— Juste une question, tu étais en qu'elle classe pendant le confinement ?

Il a complètement changé de sujet.

Prise au dépourvu, elle réfléchit durant quelques secondes.

— En Cm2, à la suite de sa réponse Samuel écarquille ses yeux, il est surpris.

La sonnerie retentie, ils rangent leurs affairent puis sortent de l'établissement.

Arrivée à la porte du hall d'entrée, il ouvre la porte puis lui dit :

— Je te laisse passer, tel un vrai gentleman en lui faisant signe de la main de circuler.

Marion le remercie en le dépassant le sourire aux lèvres.

— Bonne soirée, à demain.

— Bonne soirée.

Quand Marion rejoint son père dans la voiture elle démarre sa musique, toujours la même « moist dreams ».

Elle s'empresse d'envoyer un message à ses amies sur leur groupe de discussion

« Les filles j'ai du nouveau, je vous raconte demain. ».

Le lendemain matin, durant la matinée, les cours reprennent normalement.

Les cinq filles n'ont pas accepté de voir la psychologue qui leur a été proposé.

Durant la pause de vingt minutes à dix heures, les filles ont rajouté dans leur carnet la discussion que Marion avait entendu hier soir.

Arrivée midi, Marion attend avec Harry que la sonnerie se déclenche, ils sont assis tous les deux sur un banc, il y a Maïna, Cléa et Camilla debout à côté d'eux.

Harry est un ami à elle depuis la sixième, il était tout le temps ensemble en sixième jusqu'à ce qu'il décide d'arrêter de reste avec des filles et à intégrer un groupe de garçons populaires

— J'ai un cours de soutien avec Samuel dans quelques minutes, je stress, mais je ne sais même pas pourquoi, lui explique Marion.

— Parce qu'il t'intimide, réplique Maïna un sourire au coin des lèvres.

— Il est là-bas, c'est le blond aux cheveux longs et bouclés, informe Marion en montrant sa direction du bout du nez.

— Ah c'est lui, je l'ai déjà vu, il a l'air gentil.

Tous les deux l'observent, mais du monde commence à arriver autour d'eux, dont Lillie et Ellie, mais aussi des garçons de toutes les classes de troisième.

Samuel passe au loin devant eux et ne tourne pas la tête pour les regarder, mais les a pourtant vu.

Mais ses amies oui, ils se retournent et les observent surtout un, il se fait donc pousser et retourner pour qu'il arrête de les regarder. Et ils entrent dans le hall.

La sonnerie retentit, Harry part en cours d'art plastique et répètent plusieurs fois « Marion va faire des maths » pour l'ennuyer gentiment.

Lillie et Ellie accompagne Marion à son cours avec Samuel au secrétariat.

Quand elles arrivent près de lui, Samuel s'approche de Marion et se penche vers elle puis dit :

— Bonjour Marion, avec un grand sourire aux lèvres, que Marion lui rend. Il a pris un air charmeur.

Ce qui fait exploser Lillie et Ellie de rire, elles partent tout en continuant de s'esclaffer.

Durant le cours, cette fois-ci, ils étudient le théorème de Pythagore.

Il lui donne quelques cartes mentales qu'il a imprimé avant.

Une fois l'heure écoulée, ils se séparent.

— Salut, lui dit-il en souriant, ce qui déstabilise Marion, elle lui sourit mais n'est pas capable de lui répondre.

Marion se tourne vers la sortie mais Samuel la coupe dans son élan.

— Euhmm, je voulais, hm, euh, au revoir, bégaye-t-il, Marion ne comprend à peine ce qu'il vient de dire, il a l'air embarrassé.

— Au revoir, lui répond-t-elle en souriant.

Puis elle part en cours d'art plastique rejoindre ses amies.

Elle retrouve Kate, qu'elle n'a pas vue depuis ce matin car le mardi midi elle ne déjeune pas à la cantine.

Elle lui raconte tous les détails de ce qu'il s'est passé avec Samuel.

A la pause de seize heures, Marion reste avec Lillie et Ellie qui n'arrêtent toujours pas de reproduire la scène ou Samuel salue Marion.

Elles avouent même que lorsqu'il a parlé à Marion il avait l'air drogué.

En souriant comme un idiot.

Harry, qui reste avec elles, part lui aussi en fou rire.

Lillie décide de changer de sujet :

— Sinon Marion, on doit te raconter, en anglais, on a un oral à faire ou on doit mimer quelque chose.

— Je dois mimer une porte et une oie, soupire Harry en se retenant de rire, il est dans la même classe que Lillie et Ellie.

Les filles s'esclaffent et Marion et Lillie se mettent à mimer Harry imiter une oie.

Plié de rire Marion lève la tête vers Lillie et voit Samuel et un ami à lui marcher en les observant tous les deux durant de nombreuses secondes, quand, Marion informe Lillie qu'il est là et qu'elle se retourne d'un coup, pas du tout discrètement.

Ce qui leur fait tourner la tête voyant qu'ils ont été repérés.

Au collège personne n'a l'air vraiment triste que Jérôme est disparu.

Pas mal de personnes sont choquées et en parles tout le temps.

Le lendemain, durant la pause du matin, le groupe des filles est aux complet elles sont dix.

Marion essaye de trouver Samuel pour le regarder.

— Marion, tu regardes Samuel là, s'exclame Maïna, étonnée.

Marion la regarde de travers, se demandant de quoi parle-t-elle.

— Mais n'importe quoi, je ne sais même pas où il est.

Kate prend Marion part les épaules et la tourne en direction de Samuel en lui disant :

— Là, Marion le fixe durant de nombreuses secondes, il est tellement beau pense-t-elle. Il est accompagné de son ami qui porte toujours un costard et une cravate, les filles le surnomment « costard cravate ».

Il est assez près d'elle, et il l'a vu.

— Oh je ne l'avais pas vu ! s'exclame Marion, ce qui est vrai.

— Oui, oui c'est ça, répondent presque toutes ses amies en même temps.

Quand dix heures vingt arrivent, les filles se rendent à leur cours de sports, les troisièmes B et C ont sports en même temps.

Elles se changent puis regagnent leurs classes respectives.

Ils sont en sports libres, les deux classes peuvent donc se mélanger ensemble.

Kate, Lillie, Ellie et Marion vont jouer aux cartes, aux tarots.

Elles sont montées sur cinq tapis de gym empilés, elles sont assises à la hauteur des têtes des autres élèves.

Elles sortent leurs téléphones et font un jeu ou dans l'ordre des lettres de l'alphabet, elles doivent crées une discussion qui est du sens et qui commence par la lettre sur laquelle elle tombent.

Pour garder ce souvenir elles s'enregistrent.

— Lillie, tu peux aller prendre des chasubles, ils sont dans une caisse au self, intervient son professeur de sport.

Elle se lève puis laisse les filles.

— Oh, elle n'a pas pris son téléphone avec elle, venez on prend des photos, propose Marion, elles prennent au moins une vingtaine de photos.

Après dix minutes Lillie n'est toujours pas revenue, elle est peut-être restée dehors avec Cléa, Camilla et Maïna.
— Vous ne voulez pas qu'on aille la chercher ? demande Marion, impatiente.
Ellie hoche la tête.
— Oh, non c'est bon, elle va revenir toute seule, déclare Kate, comme si elle ne voulait pas qu'elle revienne.
— Tant pis reste ici toute seule nous on va la retrouver, déclare Marion encore plus froidement, Kate qui déteste rester toute seule les suit en soupirant.
Une fois dehors elle observe la cour mais ne voit pas Lillie.
Elle n'est même pas avec Camilla, Cléa et Maïna.
— Monsieur, est ce que vous avez vu Lillie, elle est revenue du self ? le questionne Marion.
— Eh bien non, elle n'est pas revenue depuis tout à l'heure, elle ne trouve peut-être pas les chasubles. Vous pouvez aller voir si elle a besoin d'aide
Elle se s'oriente en direction du self.

— Lillie, ça va ? Tu as besoins d'aide ? crie Marion la première.

— Lillie ! s'écrie les deux autres amies.

Elles font le tour de leur réfectoire mais Lillie n'est pas là, plus là.

— Monsieur, nous ne l'avons pas trouvée souffle Marion qui vient de courir à peine deux mètres.

Une heure après, tout le monde cherche encore Lillie, mais il n'y a aucune trace d'elle.

Elle n'est plus dans l'enceinte du collège, **elle a disparu**.

— Ne précipitons pas les choses, elle a disparu depuis seulement une heure, soupire un policier.

— Oui, et c'est justement ça le problème, une heure de trop.

Si elle n'a pas disparu alors pourquoi elle serait partie, pour faire une petite balade ? Sans son téléphone ? Et pourquoi aurait-elle fait ça ? s'énerve Marion, comment les policiers peuvent croire qu'elle a fugué.

— Même si elle n'a pas disparu volontairement, je ne peux rien faire avant vingt-quatre heures.

— Un élève de troisième a déjà disparu, il y a plusieurs jours et maintenant Lillie cela ne vous choque pas et ne vous suffis pas ? Surenchéri Kate, exaspéré.

— Nous allons voir ce que nous pouvons faire.

Heureusement le mercredi après-midi, elles n'ont cours que la matinée, et elle termine avec sport.

Après cet entretient avec l'enquêteur, les filles se rejoignent à la bibliothèque de la ville où se trouve leur collège, juste à côté de chez Marion.

Cette fois-ci, c'est la goutte de trop, elles doivent réellement enquêter, la vie de leur amie est peut-être en jeu.

Ellie rejoint leur groupe d'enquête ainsi que Harry et Adrien qui essayent de les aider comme ils peuvent.

Même s'ils ne vont pas les aider longtemps.

Cléa et Camilla arrivent en courant totalement bouleversées, elles ont trente minutes de retard.

— Les filles, vous n'allez pas nous croire ! On vient de voir une camionnette blanche passer juste devant le café au fond de la rue !

— Et ? s'impatiente Kate, elle ne leur laisse même pas le temps de prendre leur respiration.

— Il y avait les initiales J et L sur les fenêtres qui étaient recouvertes de poussières. Les initiales de Jérôme et Lillie ! Ça ne peut pas être un hasard ! finit par dire Camilla.

Marion réfléchit prend le carnet et ajoute ses éléments sur une nouvelle page.

Mais à présent elle fronce les sourcils reste pensives.

— Ce n'est pas que ce que vous avez vu n'est pas intéressent mais qu'allons-nous faire de ses informations, il existe des millions de camionnettes blanches. Et il suffit d'un coup de jet d'eau et les initiales disparaissent.

— Nous avons pris en photo sa plaque d'immatriculation, disent Cléa et Camilla un sourire en coin des lèvres fières d'elles.

— Nous devons aller voir la police, dit Maïna choqué par ses révélations.

Une fois après être allées rendre visite à la police, les filles repartent avec quelque chose qu'elles ne sont pas censées posséder.

La localisation de la camionnette blanche. Maïna a volé dans l'imprimante cette photocopie, quand les policiers sortaient de la pièce pour les raccompagner voir leurs parents.

Elles ont vérifié le trajet qu'il faut emprunter pour y aller, elles peuvent prendre deux bus pour s'y rendre parfait.

— On y va vendredi soir.

Chapitre 8 : rien que des gamins

— Patrice ! Pourquoi le relevé d'adresse de la camionnette n'est plus dans l'imprimante ? demande le collègue de l'enquêteur.

L'enquêteur lève les yeux au ciel avant de lui répondre :

— Tu ne les a pas vu avec leur regard suspect ?

Son collègue le regard étonné en ouvrant ses yeux en grand.

— Ces collégiens ont volé la photocopie, je ne l'avais pas vu venir !

— Moi si, c'est pour ça que j'ai fait un faux relevé d'immatriculation, l'adresse n'est pas la bonne, j'ai mis celle d'un commerce. Ces gamins n'ont pas à s'occuper de cette enquête, c'est trop dangereux.

Mais sinon, j'ai la vraie adresse, c'est celle d'une maison dans une ville proche de l'établissement scolaire, allons y faire un tour.

— Tu penses vraiment que cela a un lien avec l'enquête ? Ce ne sont que deux initiales.

Tous deux se dirigent vers l'adresse indiqué sur un bout de papier.

Arrivés devant la maison, ils toquent à la porte puis tombent sur deux enfants qui leur ouvrent la porte.

— Bonsoir, nous sommes de la police, est-ce que vos parents sont là, demande l'enquêteur en montrant son badge, tels les policiers dans les films.

— Papa, maman ! les appelle la petite blonde.

Ils avancent vers les policiers, l'incompréhension se lit dans leur regard.

— Bonjour que pouvons-nous faire pour vous ? demande le père, un grand brun, d'une quarantaine d'années.

— Est-ce que vous connaissez ses deux adolescents ? Ils ont été portés disparus.

Les deux parents analysent les photos que leur montre l'associé de l'enquêteur, mais font signe que non de la tête, ils ne les connaissent pas.

— Parce que leurs deux initiales soient écrites sur les fenêtres de votre camionnette, dit l'enquêteur en montrant le véhicule du doigt.

— Ce sont les initiales de nos deux enfant, Juliette et Luca.

Juste des initiales, l'associé de l'enquêteur n'avait finalement pas tort.

Chapitre 7 :
Impasse on passe

Jeudi midi, les filles se rejoignent pour manger ensemble le seul jour qu'il leur en permet.

Maïna et Marion partent remplir la carafe d'eau, comme par hasard, par hasard même, Samuel et deux de ses amis arrivent devant eux quand il contourne les filles, il les fixe mais ne salut même pas Marion.

Elle lève les yeux au ciel, puis un bruit d'un objet qui tombe dans le carafe d'eau avec de l'eau se fait entendre.

Jusqu'à ce que plus aucune goutte d'eau ne sorte du robinet électrique.

Marion se penche pour regarder l'objet qui est tombé, c'est une bague, celle de Lillie, elle le sait car toutes les deux ont la même, ou plutôt avait la même.

Elle sursaute face à cette découverte et lâche là carafe sur le sol, Lillie ne l'enlevait jamais.

Marion n'ose même pas imaginer ce qui a pu arriver à son amie.

Samuel ainsi que les élèves dans le réfectoire se retournent vers les deux jeunes filles.

— Que se passe-t-il ? les interroge Maria, une surveillante.

En mettant sa main sur l'épaule de Marion.

Elles sortent toutes de la cantine et partent vers une pièce appart, pour expliquer la situation à Maria.

La police a déjà récupérée la bague, comme pièce à conviction.

C'est une bague en argent avec un cœur rouge entourée de brillant.

Une fois-la journée au collège terminée les filles décident quelque chose.

« Elles doivent retrouver leur deux camarades ».

Finalement les six filles et les deux garçons n'attendent pas vendredi soir pour retrouver la camionnette.

Mais elles partent ce soir.

— Les filles, j'ai oublié ma carte de bus, informe Cléa, en faisant une grimace.

— Tu exagères, nous avons écrit un message sur le groupe pour avertir le nécessaire que nous devons prendre, la réprimande Kate.

— Oui, mais j'ai oublié, ça ne sert à rien de me dire ça maintenant tu ne vas pas faire apparaître ma carte Kate.

Marion essaye de réfléchir à une solution.

— Nous allons y aller en vélo ! J'en ai cinq chez moi, Kate tu habites à deux pas de chez moi, tu pourrais leur prêter des vélos.

Kate approuve.

Une fois que tous ont un vélo ils se dirigent vers leur destination, pensant trouver des réponses.

— C'est à cinq minutes, les préviens Maïna.

Ils sont dix, il y a Adrien et Arthur, les deux seuls garçons.

Ainsi que Maïna, Marion, Cléa, Kate, Ellie et Camilla.

— Une boulangerie sérieusement ? s'étonne Camilla une fois arrivée.

— Ca me donne faim… marmonne Adrien, puis il se rappelle qui ne sont pas là pour manger.

— Bon restez là, Marion et moi nous partons leur parler, il ne vaut mieux pas qu'on y aille à huit, dit Kate en tirant Marion par le bras.

En sortant les deux amies sont contrariées.

— Bon, et bien nous sommes dans une impasse, commence par expliquer Marion.

— Les propriétaires n'ont pas de camionnettes, ils nous ont même demandé gentiment de jouer à nos enquêtes en dehors de chez eux, complète Kate levant les yeux aux ciels.

Déçus les adolescents rentrent chez eux.

Pas de chances pour eux, durant tout le trajet il pleut des cordes.

Jeudi matin, l'établissement entraîne les élèves à une alerte attentat, avec ce qui se passe en ce moment cela était da propos, la gendarmerie est là.

Une fois l'exercice termine l'enquêteur, dont elle ne connaisse toujours pas le nom, s'approche, en direction des filles.

— Bonjour, je sais que vous voulez retrouvez votre amie, mais faites attention, ne mettez pas vos vies en péril.
Les amies se regardent et hochent la tête, sceptiques
Cet homme aurait une raison de penser qu'il leur arrivera un danger ou aurait un élément qui le justifie, qui sait.
Les élèves reprennent cours avec, histoire-géographie.
Avec monsieur Lerond, il est assez spécial, nul ne pourrait expliquer pourquoi ni comment.
Il travaille sur la seconde Guerre Mondiale un chapitre important.
— Je vous rappelle que moi je l'ai déjà le brevet, donc si vous ne voulez pas écouter, tant pis pour vous, je passerai à un autre chapitre, les prévient leur professeur, faisant des grimaces, il a des tics.

En classe Marion est assise tout devant au milieu à cause de son problème de vue.

Elle est entre deux garçons, Timéo, un blond aux yeux bleus qui aime bien s'amuser au lieu de travailler en classe, il est assez gentil, et à de l'humour.

Et Nohé, il est assez lunatique, parfois méchant, parfois drôle ou encore parfois gentil, même si la gentillesse n'est pas son fort.

Marion l'aide en Français, lui il l'aide en maths.

Maïna est juste derrière elle en classe, à coté de Jason, et juste derrière Maïna il y a Camilla placée à coté de Jules.

Cléa elle est tout devant elle aussi, mais du côté du mur et de la porte. Elle est assise à côté de Lucas.

Un rang après toujours du même côté, il y Kate, elle est à coté de Méline.

— Bon maintenant faites vos exercices, exige le professeur.

Marion et Nohé commencent leurs exercices ensemble, car son camarade ne possède pas les documents.

Quand il commence à écrire le stylo de Marion décide de ne plus coopéré avec elle.

Pour voir si elle n'avait plus d'encre, elle le dévisse, puis soudain, le ressort rebondit sur le cahier de Nohé et atterrit sur M. Lerond.

Choqués, les deux camarades se retournent l'un vers l'autre puis écarquillent les yeux.

— Qui a fait ça ? Qui vient de jeter se projectile sur moi ? Ce truc a rebondi sur Nohé puis a été expulsé sur moi !

Mais personne ne répond, cette situation s'était déjà produite il y a quelques semaines, mais c'était volontaire, là Marion n'a absolument pas fait exprès.

— J'attends. Tant que personne se dénonce j'arrête le cours, je ne réponds plus à aucune question. Et vous ne bougez plus.

Subitement, l'alerte à la bombe retentit, la même sonnerie que celle de l'entrainement.

— Comment ? Mais ce n'est pas possible, l'entrainement a eu lieu il y a moins d'une heure ! Celle-ci n'était pas prévu ! s'abasourdit M. Lerond.

Il toque à la porte communicante de la classe d'à côté, les troisième B, le professeur dans la salle est le remplacent de M. David, les élèves ne parviennent pas à entendre la discussion entre les deux professeurs.

— Ce n'est pas un exercice. Sortez tous de la salle, pas le temps de prendre vos affaires, partez du côté du lycée, exige le professeur désorienté.

Affolés, les élèves sortent tous, un gendarme dans le couloir leur indique où ils doivent passer.

Sur le chemin les cinq filles restent ensemble puis rejointes leur amie, Ellie.

— Les filles, je pense que nous avons un problème, notre professeur ne nous a pas suivis mais est parti du côté du portail, préviens Ellie.

Les six filles, cours vers leur directrice, et leur professeur principale, Mme Mégot, pour l'informer de la situation.

En arrivant vers elle, Marion peut apercevoir Samuel avec sa classe.

— Madame, monsieur Martin, n'est pas ici, il est parti du côté du portail, l'informe Cléa.

— Oh non, c'est là où a été installer la bombe ! s'exclame Mme Mégot, elle est complètement apeurée, elle prévient vite un groupe de gendarmes, qui se dirige à l'endroit concerné.

Quand un bruit sourd se fait entendre, là où est placé la bombe, mais aucune fumée n'est émise.

La moitié du groupe de la gendarmerie revienne et chuchote quelque chose à la directrice.

Sa réaction est de mettre ses mains sur sa tête.

— Oh… je redoute le pire, craint Marion.

— La bombe a été désamorcée c'était une distraction ! Personne ne sort de l'établissement avant dix-sept heures. Et vous êtes interdit d'accès au niveau du portail central. Toute sortie sera uniquement côté lycée. Vous pouvez tous retournez en cours, sauf les troisièmes B, hurle un gendarme pour que tout le monde puisse l'entendre.

Les cinq jeunes filles en troisième C se retournent vers leur amie Ellie qui est en troisièmes B.

— On s'appelle après les cours, tu nous raconteras ? la questionne Marion inquiète pour elle.

— Oui, promis, à tout à l'heure, répond Ellie avant que leurs chemins ne se séparent.

Chapitre 8 : Encore un

Du côté d'Ellie, dans leur salle de classe, les élèves s'installent, pour que les gendarmes leur annoncent quelque chose. Leur professeur n'est toujours pas revenu, ce qui est étrange.

— Alors ne vous affolez pas mais nous avons quelque chose d'important à vous dire. Votre professeur monsieur Martin a été retrouve mort devant le portail du collège.

Une enquête sera mise en place si un d'entre vous à quelque chose à nous dire, faites-le.

Ellie stupéfaite écarquille les yeux et met sa tête dans ses mains, un de leur professeur est encore mort.

C'est comme un mauvais sort qui s'abat sur les professeurs de physique chimie.

Certains élèves pleurent, ils ne sont pas tristes pour leur professeur qui est décédé, mais ils craignent pour eux, leurs camarades sont toujours portés disparus et il y a encore eu un mort.

Les élèves ne sont pas autorisés à rentrer chez eux avant dix-sept heures car ils seront surement amenés à voir le cadavre.
Et personne ne doit voir cette scène, plus précisément cette scène de crime.
Le temps que le corps soit enlevé et le sol nettoyé.
A part les policiers personne ne l'a vu.
Bien sûr dans tous l'établissement aucun cours n'a encore reprit, il n'y en aura pas de l'après-midi.
Les policiers passent dans chaque classe pour prévenir élèves et professeurs de l'incident.
Vendredi, les troisièmes C commencent à dix heures car leur professeur est absent, ce qui rend les élèves assez satisfaits.
Les cinq filles en profitent pour rester ensemble de huit heures à dix heures à la bibliothèque.
— Coucou, dit Cléa en rejoignant ses amies, elle semble étrangement fatiguée.
Camilla connait la raison, sa mère lui a donné des cachets.

— Alors une de vous a du nouveau ? les interroge Kate, pour réponse les filles font non de la tête.

Au fur et à mesure des jours leur carnet se remplit de plus en plus.

— Il faudrait que l'on aille parler à Flore, c'est notre unique suspecte, elle pourra surement nous être utile.

Marion réfléchit avant de se rendre compte de quelque chose, la semaine avant la disparition de Jérôme, quand elle était avec Samuel, dans la petite salle que Flore avait ouverte pour eux elle avait entendu Flore dire :

« Ça ne te suffit déjà pas d'avoir une heure de colle ce soir ! Tu en mérites une deuxième, tu resteras avec moi une heure un mercredi après-midi comme tu n'as pas cours pour la peine ! »

Et c'est un mercredi après-midi qu'il a disparu, même si cela a été annoncé le weekend.

Quand elle explique ceci à ses amies, cela les rend bouches bée.

— Durant la pause nous irons discuter avec elle, réplique Kate.

— D'accord mais je ne pourrais pas venir avec vous je serais avec Samuel, à la suite des paroles de Marions ses amies haussent leurs sourcils avec leurs sourire pleins de sous-entendu.

Puis elles ne manquent pas une minute pour remplir leur carnet.

— D'ailleurs les filles, je vous rappelle que mon père est policier, il fait ainsi partie des deux enquêtes celle de la disparition et les deux meurtres, leur informe Maïna.

C'est un détail qu'elle a oublié de préciser malgré son importance.

— Il a des photos du cadavre de monsieur Martin ? requête Camilla.

Les quatre amies se retournent et l'observe la regardant étrangement, sa question est très étrange.

Marion hausse même un seul sourcil.

— Et bien oui, c'est justement ce que je voulais vous montrer.

— Voilà il faut toujours demander, se défend Camilla.

Maïna sort son téléphone et leur montre la photo.

Monsieur Martin a été poignardé dans le cœur, avec un poignard assez long.

Son corps était devant le portail, dans l'enceinte de l'établissement, en face de la bombe qui, elle était posée à l'extérieur de l'établissement.

Il trempait dans son propre sang, ses yeux étaient grand ouvert, sur sa bouche il y avait une coulure de sang, comme s'il en avait craché.

La manière dont il était allongé était assez étrange, elle n'était pas naturelle.

Il était tout raide, les bras contre son corps et les jambes collées.

C'est pour cela que personne ne devait voir ce cadavre, mise à part ceux qui travaillent sur l'affaire.

— C'est horrible, ça m'horrifie, s'affole Kate, elle a horreur de tour ce qui est gore, bien que ses amies ne soient pas fans de cela non plus.

Les autres, elles, restent sans voix.

— La bombe a été désamorcée pile à l'heure de sa mort, selon la police, la personne qui a déposé la bombe est la même personne qui a tué monsieur Martin, finit par dire Maïna.

Marion tourne une page du carnet et écrit ses éléments.

— Flore était présente lors de l'alerte à la bombe ? demande-t-elle.

— Aucune idée je crois que nous n'avons pas fait attention à elle, si elle était là ou pas, avoue Cléa en bayant tout en s'étirant.

— Je me demande vraiment comment Lillie va, même si elle avait voulu prévenir quelqu'un elle n'a pas pu, elle n'avait même pas son téléphone, pense Camilla à haute voix.

— Je dirais qu'il vaut mieux éviter d'y penser, et s'attendre au pire, ça fait maintenant plusieurs jours qu'elle et Jérôme ont disparu, finit par dire Marion.

— Mais comment tu peux dire ça ? C'est ta meilleure amie ? s'étonne Kate.

— Il faut juste être sensé et arrêter de se faire des faux espoirs ! Il y a déjà eu plusieurs morts, nous ne pouvons pas imaginer qu'il n'est rien arrivé de grave à Lillie, s'énerve-t-elle.

Après un long moment de silence, le téléphone de Maïna vibre et elle lit ce qui s'affiche sur celui-ci :

— Ils ont retrouvé Jérôme. Il est au poste de police.

— Comment le sais-tu ? Il va bien ? s'inquiète Camilla, à la limite de sauter sur le téléphone de son amie.

— Mon père m'a envoyé un message, il dit qu'un autre élève a été enlevé, cette fois-ci, c'est un quatrième.

— Oh non... Mais un point est positif, ça veut dire qu'ils vont surement retrouver le coupable, imagine Cléa.

— Apparemment c'est un homme, assez grand. Jérôme ne se souvient pratiquement de rien, il est traumatisé.

Après quelques secondes de réflexion Cléa fini par annoncer :

— Flore ne peut donc pas être la coupable, mais nous pouvons quand même aller lui parler, elle mit sa tête dans ses mains, leurs pistes ne sont pas les bonnes…

Arrivée dix heures vingt, les filles se rendent à leur premier cours, un cours de maths suivi d'un cours de musique.

Durant la pause, elles sont assises sur un banc entrain parler de tout et de rien, rien qui concerne l'enquête.

A treize heures, Kate et Cléa accompagnent Marion à son cours de mathématique avec Samuel.

— Bonjour Marion, elle le regarde un moment puis finit par lui répondre.

— On vient te chercher tout à l'heure, l'informe Kate en se retournant au même niveau que Samuel.

Ils s'installent tous les deux, face à face.

— Tu veux que nous travaillions sur quel chapitre aujourd'hui ? lui demande-t-il.

Marion ne répond pas tout de suite, elle ne sait pas du tout ce qu'elle veut, elle est indécise.

Ils se mettent d'accord tous les deux sur un sujet.

— Mince, j'ai oublié d'allumer la lumière, tu veux que je l'allume ? propose-t-il en attend une réponse.

Elle fait une tête qui signifie qu'elle ne sait pas, la pièce n'était pas si sombre que ça.

Il prit la décision lui-même d'éclairer la pièce.

La secrétaire arrive vers eux avant de leur dire :

— secrétariat, comme d'habitude, vous ne faites pas de bêtises hein ? dit-elle un sourire aux lèvres.

— Oui, répond Samuel rapidement en restant neutre, Marion elle hoche la tête, gênée mais ne le montrant pas.

— Alors, je te disais là il faut…recommence-t-il à lui expliquer.

Marion fait une tête qui montre son incompréhension, Samuel le voit.

— Dans les fonctions, il y a des antécédents et des images, et elles fonctionnent comme des couples, il marque une pause dans son explication pour sourire à Marion et se rapprocher d'elle, elle qui lutte pour ne pas le regarder lui et son sourire si craquant elle choisit de regarder sa feuille de cours.

— Un antécédent à toujours besoin de son image, et inversement, prenons un exemple, avec quatorze comme image et dix-sept comme antécédant, sur le graphique ils sont… finit-il par dire toujours en lui souriant, Marion le trouve si mignon, elle ne sait pas s'il a fait exprès mais quatorze est l'âge de Marion et dix-sept son âge à lui…

Là elle comprend son exemple.

Une fois la fin de l'heure arrivée, tous les deux rangent leurs affaires.

— Je te souhaite un bon après-midi et un bon weekend.

— Bon weekend, lui répond-t-elle.

Il la laisse passée devant lui puis ferme la porte de la salle où ils étaient.

Les quatre amies de Marion patientent devant la porte du secrétariat.

— Marion retourne toi, lui ordonne Kate, qui paraît énervée et dégoutée à la fois.

— Pourquoi ? s'inquiète Marion sans se retourner.

— Retourne toi vraiment c'est urgent, dit cette fois-ci Camilla également paniquée.

Marion se retourne, ses amies regarde son pantalon, plus précisément au niveau de ses fesses.

— C'est bon tu n'as rien, lui rassurent ses amies.

Samuel était en train d'observer la scène, il est à seulement quelques pas d'elles.

Marion lève un sourcil, ne comprenant rien à la situation.

— Pourquoi ? Vous pensiez que j'avais quelque chose sur mon jean ?

— Sur le banc où nous étions assises, il y avait un Chewing-gum à ta place, et je ne l'ai pas vue, je me suis assise dessus, j'en avait partout sur mon jean, se plaint Kate avec une tête exaspérée.

Maïna, Cléa et Camilla se moquent de Kate, elles sont parties en fou rire.

— Aaaaaah, répugnant, réplique Marion.

Au même moment Samuel passe à côté d'elle.

Elle pense qu'il s'imagine qu'elle a ses problèmes de filles, il n'a surement pas entendu l'histoire de Kate, elle ne parlait pas fort du tout à ce moment.

Mais il a vu Marion se retourner et ses amies regardé son jean…

Ils montent les escaliers juste à côté des filles mais peut toujours entendre et voir les cinq amies.

— Je veux rentrer chez moi, voir ma maman… supplie Kate en tenant le bras de Marion.

— Pas de chance, il nous reste trois heures de cours,

— D'ailleurs, nous avons du nouveau, Flore est vraiment suspecte, l'informe Camilla.

En direction de leur salle de cours, les filles expliquent à Marion ce qu'elles ont appris.

— Elle a commencé dès le début de notre discussion à se sentir visée, en nous disant « je ne suis pas un homme aller chercher ailleurs », faisant référence à ce qui a été dit aux informations, commence par expliquer Cléa en levant les sourcils exaspérés.

— Flore a dit ça avant même que vous lui ayez poser une question ?

Ses amies hochent la tête.

— Mais comment pouvait-elle savoir que vous la suspectiez ? redemande Marion cherchant à bien comprendre.

— Aucune idée, mais ce n'est pas tous, elle a dit qu'elle n'avait pas que ça à faire de ses journées et que si elle devait kidnappée des enfants, elle n'aurait pas choisi ses élèves là.

A la suite de ses paroles pleines de sous-entendus, Marion grimace.

— Elle ne devait pas du tout penser à nous… complète Maïna avec ironie.

Elles essayent de se rassurer en disant qu'elle ne parlait peut-être pas d'elle, après tout elle n'a pas mentionné leur nom.

— Bonjour les filles, leurs dit la professeure de physique-chimie, Mme Moulin, en ouvrant la salle, les stoppant dans leur discussion.

Leur journée se termine, comme chaque vendredi, c'est la mère de Marion qui vient la chercher.

— Ta mère peut me raccompagner s'il te plaît, je suis hyper fatigué ? requiert Kate.

La mère de Marion accepte, elles lui racontent leur journée, elles ne mentionnent pas l'interaction avec Flore.

— Oh. Mon. Dieu, toute cette fumée c'est horrible, c'est ça les gens qui n'entretiennent pas leur voiture, dit la mère de Marion face à la voiture en feu, qui provoque des projectiles, elle est au milieu de la voie de bus de l'établissement scolaire.

Si un bus arrive à passer il est fort.

Kate prévient ses amies par messages de l'incident, elles prennent le bus et risquent d'attendre un moment.

— Mais attendez, on dirait la voiture de monsieur David ! s'ébahi Marion.

Il s'agit d'une voiture grise, pas récente du tout, de taille moyenne.

Un soir en sortant des cours, sur le parking de l'établissement scolaire, elle avait vu le professeur rentrer dans sa voiture.

Elle se souvient du début de sa plaque d'immatriculation, les deux premières lettres, « PD », pas très rentable (mélioratif).

Il n'y a pas dix milles voitures avec ces premières lettres sur leur plaque d'immatriculation.

— Si c'est avéré que c'est la voiture de monsieur David nous en entendrons surement parler ce soir à la télévision, explique sa mère.

— Merci beaucoup de m'avoir raccompagnée, bon weekend, souhaite Kate en sortant de la voiture une fois arrivée devant chez elle.

Chapitre 9 : Un petit peu trop tard, juste un peu

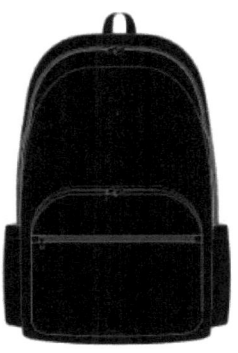

Aujourd'hui, Jérôme n'est toujours pas revenu au collège, il ne reviendra probablement pas non plus la semaine prochaine.

Ce qu'il a vécu est très traumatisant.

Mais un élément reste énigmatique.

Jérôme dit qu'un homme assez jeune homme l'a enlevé mais qu'un autre homme, lui vieux veillait sur lui.

Le jeune était assez petit en taille, le plus vieux plus grand.

Il n'a pas réussi à comprendre si ses hommes désiraient le tuer ou pas, ils étaient violents verbalement mais pas physiquement.

Ils lui donnaient le strict minimum à manger.

Jérôme n'avait aucune idée de l'endroit où il se trouvait, il a expliqué que lorsqu'il a réussi à s'enfuir, il s'est retrouvé au beau milieu de la forêt.

Il faisait sombre, il n'a pas pu voir le lieu où il avait été caché, et il ne cherchait pas à le savoir mais à s'échapper.

Le jeune homme a été enfermé dans une sorte de cellule selon ses explications, il ne savait pas qui était dans celle d'à côté mais savait qu'ils y détenaient une autre personne.

Les murs étaient insonorisés, juste des vibrations comme celles des pas se faisaient sentir.

Quand il a appris que la personne qui était à côté de lui durant un bout de temps était Lillie, il était sous le choc.

Tous les deux sont dans la même classe et se connaissent depuis la primaire.

Les policiers sont actuellement à la rechercher de l'endroit ou pourrait être Lillie ainsi que le quatrième qui a disparu récemment, ils font des rondes dans la forêt et fouille les vielles épaves, tous ont des lampes torches à la main.

Il y a des chiens policiers partout.

Certains plongent dans le canal qui est au bord de l'établissement, d'autres dans l'étang.

— J'ai quelque chose ! hurle un policier dans la forêt, il tenait dans sa main protégée d'un gant un sac de cours, noir.

Ça ne pouvait pas être celui de Lillie, elle ne l'avait pas avec elle lors de sa disparition.

Un officier fouille le sac puis trouve un carnet où c'est écrit « Enzo Robert, 4°1 » Il appartient donc au quatrième.

Ils font renifler ses affaires aux chiens.

Au même moment un garde forestier passe avec son quatre quarts, les policiers ont quelques questions à lui poser.

— Bonsoir, connaissez-vous un lieu abandonné avec plusieurs cellules ? l'interroge l'enquêteur qui s'occupe de l'affaire.

— Avec des cellules ? Je n'ai jamais été à l'intérieure des épaves mais il y a de endroits qui pourraient potentiellement correspondre à vos recherches.

Tout droit il y a une vielle maison assez grande avec un immense sous-sol.

Ou sinon une petite cabanette en pierre un peu plus loin à gauche.

Ils partent dans la direction qui leur est indiquée, celle en pierre est taguée, a part des insectes et des nids de souris il n'y a rien d'autre.

— C'est ici ! Ils sont partis, s'exclame un policier, ils viennent de découvrir le lieu où les adolescents étaient retenues prisonniers.

Il y a des boîtes de conserves partout par terre.

Certains relève les empreintes, d'autres explorent le lieu.

Un sac poubelle se trouve au sol, en pleins milieu d'une pièce, quand l'officier l'ouvre, il y découvre des vêtements, surement ceux des adolescents.

— Il y a du sang, informe un policier, devant une flaque de sang au pied d'un mur, en levant la tête ils voient des mots écrit avec le sang, « aidez-nous, il est encore en vie ».

La personne qui a inscrit ça parle surement de la victime qui a perdu ce sang, probablement le méchant.

Si c'est le cas, l'enquête sera vite close avec l'analyse du sang.

— Chef, nous avons reçu un appel, quatre collégiens ne sont pas revenus chez eux en sortant du collège. Et une voiture a brulé sur une voie de bus, l'informe un policier.

— Envoyez une équipe pour la voiture. Je me charge du reste.

Ils se stoppent et arrêtent tous de remuer la poussière pour trouver des indices.

Chapitre 10 : Tous ce qu'il ne vaut mieux pas savoir

Samedi, les filles font une soirée pyjama, à six, chez Marion car c'est la seule qui n'a pas de frère ou de sœur pour les déranger dans leur enquête.

Ellie, Kate et Maïna sont déjà là, il ne manque plus que Cléa et Camilla.

Soudain une personne toque à la porte avec énormément de force.

Marion cours vers la porte puis l'ouvre, trouvant Camilla en pleure en train de faire une crise d'angoisse.

Elle l'a fait rentrer, et les quatre amies l'observent inquiète, que s'est-il passé ?

— Cléa, Cléa s'est faite enlever… sous… sous mes yeux et je n'ai rien pu faire ! j'ai réussi à lui échapper en me cachant mais pas elle, dit Camilla sans vraiment articuler.

— Qui était cette personne ? la questionne Marion en s'asseyant sur son canapé avec ses amies.

— Il avait une capuche avec un masque, il était assez jeune, oh c'est horrible, continue Camilla en tombant dans les bras de Marion et Kate, ses amies ne savent pas quoi lui dire pour la réconforter, la situation est beaucoup trop grave dans tous les cas, aucuns mots de pourra l'aider.

— Nous devons aller voir la police, ma mère nous accompagnera. Tu es un témoin important, mais tu peux aussi être en danger, il voulait te kidnapper toi aussi, lui explique Marion la levant en direction de la porte d'entrée.

La mère de Marion les accompagne, elle demande aux filles si l'individu aurait eu une raison particulière de les kidnappé.

Elles répondent bien sûr que non, ça ne pourrait pas être le carnet personne ne connaît son existence.

— A quel heure cet individu est arrivé ? la questionne l'inspecteur, M. Rick.

— Il était quinze heure et quart, le bus arrivait à seize heures.

Les cinq amies accompagnées de la mère de Marion son assises à côté d'elle, étant donné que ses parents sont en déplacement.

— Comment était-il physiquement ?

Elle inspire et entremêle ses doigts.

— Il m'a paru très grand, il devait faire au moins 1m80 et comme je fais 1m47… Il était de corpulence normale, il avait l'air assez jeune. J'ai pu voir ses cheveux ils étaient ondulés et bruns.

— D'accord, est ce qu'il a parlé où fait un geste spécifique ?

— Non, il n'a fait aucun mouvement, mais il a dit une phrase « ne rendez pas les choses encore plus difficiles », ça voix était assez grave.

Il a dit ça en sortant d'une voiture.

— D'accord, c'est tout pour ce soir. Merci pour ta déposition, n'hésites pas à appeler le poste s'il se passe quoique ce soit. Je te recontacterai si j'ai des questions, fais attention à toi. Bonne soirée.

— Je suis exténuée, baille Maïna.

— Nous allons manger puis après vous pourrez aller dans la chambre. Vous avez besoin d'une bonne nuit de sommeil, explique la mère de Marion.

Une fois rentrée, à l'heure de monter dans la chambre de Marion.

— Vous voulez regarder un film ? propose Marion voulant changer les idées de Camilla, même si cela s'annonce compliquer.

— Pourquoi pas mais quoi ? demande Ellie.

— Black Phone ! propose Maïna, ce qui n'est pas d'à-propos aux vues de la situation dans laquelle elles se trouvent.

Cela ne les fera qu'être effrayées.

— Je ne pense pas que ce soit une bonne idée, Mamma Mia c'est mieux, ça vous va ? repropose Marion, c'est son film préféré.

Puis elles s'endorment, bouleversées la tête en désordre, sachant très bien qu'elles risquent d'être les prochaines.

Lundi matin, lorsqu'elles entrent dans l'établissement, toutes les cinq, presque tous les élèves se retournent vers elles et les dévisagent.

Pour une raison qui leur est inconnue et qu'elles ne préfèrent pas savoir.

— Les filles, vous êtes attendues dans le bureau de Mme Mégot, les informe Tessy une surveillante assez gentille.

Elles se dirigent vers le secrétariat dans lequel se trouve son bureau.

Camilla toque à la porte pour signaler leur présence.

— Bonjour les filles, installez-vous, je voulais m'assurer que vous alliez bien.

Les jeunes filles s'assoient sur les chaises en face du bureau.

— Je voulais juste vous prévenir que vous avez le droit de laisser vos téléphones allumés. Au cas où il se passerait quelque chose. Elles ont cours d'espagnol normalement, mais Mme Mégot n'avait pas cours, elles échangent donc toute l'heure.

— L'école fermera provisoirement si dix élèves disparaissent encore, ce que je ne souhaite pas, les prévient la directrice.

La sonnerie retentit, elles ont orientation cette heure-ci, avec Mme Mégot.

Elles se rendent donc avec leur professeur dans leur salle de cours.

Tous les élèves se lèvent à leur entrée.
Certains leur sautent dessus et demandent à Camilla si elle va bien.
Cléa est la première à disparaître dans leur classe, elle est aussi la première élève qui n'a pas monsieur David en professeur à disparaître.
Tout ça n'a donc peut-être aucun rapport avec l'autre affaire.
— Nous nous sommes inquiétés quand nous ne nous vous avions pas vu ce matin. Bien que cela aurait été difficile qu'il vous arrive quelque chose, il y a des policiers partout ! s'exclame une camarade à elles, Cloé accompagnée par Méline qui leur fait un câlin.
Mme Mégot sourit, touchée par ses élèves et par leur intérêt pour chacun.
Après les cours, c'est l'heure de la pause, les filles sortent dehors et rejoignent Ellie.
— Les filles, j'ai pensé à un détail en classe. Cléa avait son téléphone quand elle a été kidnappée non ? vérifie Marion, comme si elle avait une arrière-pensée.

— Oui mais l'homme qui l'a attrapé le lui a surement pris.

Camilla repense à la scène, le téléphone de Cléa n'est pas tombé par terre, c'est déjà ça.

— De toute façon, c'est le travail de la police, finit par dire Kate, comme si depuis le début, elles ne faisaient pas aussi le travail de la police en enquêtant sur la disparition de Lillie et des autres.

Par la suite, les six jeunes filles décident de choisir un nom pour leur carnet « tout ce qu'il ne vaut mieux pas savoir ». Ce qu'elles ne savent pas est qu'elles ne sont plus les seules personnes à avoir connaissance de ce carnet.

Marion le garde tout le temps avec elle, elle l'a oublié une fois en classe dans son sac, mais elle ne se doutait pas que quelqu'un ouvre ce carnet bleu marine totalement banal.

— Que se passe-t-il ? s'inquiète Maïna au vu de la lumière des gyrophares qui se fait voir dans tout l'établissement.

Un grand nombre de policiers équipés de gilets pare-balle entrent dans l'enceinte de l'établissement.

Deux d'entre eux immobilisent une personne puis la menotte, il s'agit de :

— Flore ! annoncent les six filles, interloquées, stupéfaites.

Qu'a-t-elle commis ? Le meurtre des deux professeurs ? La disparition de plusieurs élèves ou les deux ?

Camilla, Maïna, Kate, Ellie et Marion ne tarderont pas à le savoir comme le père d'une d'entre elles est policier.

Chapitre 11 : Le milieu de la fin

Il y a quelques minutes maintenant, Flore s'est fait arrêter, elle est actuellement au commissariat.

Les policiers ainsi que l'enquêteur lui font passer un interrogatoire.

Il l'accuse du meurtre de monsieur David et de M. Martin. Pour une raison qu'ils cherchent à découvrir.

Mais elle ne répond à aucune de leurs questions, sauf celle sur ses alibis. Le jour des deux meurtres, elle en a un à chaque fois, soit elle était à la vie scolaire avec des surveillants ou soit elle se trouvait avec des élèves.

Leurs recherches les ont menés à elles.

Quand le téléphone de monsieur Martin a été analysé, il a reçu un message d'un numéro inconnu qui lui demandait de sortir de l'établissement scolaire.

C'était un numéro masqué, les policiers n'ont donc pas pu le retrouver, mais les coordonnées GPS, elles, étaient inscrites, elle correspondait à l'adresse de Flore.

Ce qui n'est forcément pas un hasard.

Mais, Flore a un alibi, ils n'ont aucune autre preuve contre elle.

Elle habite dans un immeuble, ce n'est peut-être pas d'elle que vient ce message. Même si elle ne va pas en garde à vue, elle ne peut plus se rendre à son lieu de travail, l'établissement, pour travailler tant qu'ils n'ont pas retrouvé le coupable.

Dès demain, un autre surveillant arrivera, cela est mieux pour tout le monde.

Le lendemain, mardi, les filles ont cours de huit heures à dix-sept heures, avec deux heures de pauses, sauf Ellie qui, elle, n'en a qu'une, et Kate, elle rentre chez elle.

Marion voit Samuel comme tous les mardis.

En rentrant en cours ce matin, elles ont aperçu le nouveau surveillant. Il fait très jeune, il est brun aux cheveux bouclés, il a l'air gentil.

Jérôme est rentré au collège tout juste ce matin. Dès qu'il a vu le surveillant, il est devenu sceptique.

Il lui a demandé s'il était gay, et le surveillant lui a répondu oui.

— Mais quelle idée t'est passée par la tête pour lui poser cette question ? le questionne Camilla, surprise, qui n'aurait jamais osé poser cette question durant la pause de dix heures.

— C'est vrai, ça ne se demande pas ce genre de question, c'est personnel, après il t'a répondu, rit Marion, amusée par l'assurance de Jérôme.

Puis, ils retournent en cours.

A midi, Marion se rend à son cours de maths.

— Salut, lui dit-il au moment où Marion arrive. Maïna se situe juste à côté d'elle, il se penche sur le côté en les rejoignant puis dit bonjour à Maïna en souriant avant qu'elle lui réponde.

Aujourd'hui avec Marion en tout cas, il était assez froid, pour une raison inconnue.

Quand il lui explique quelque chose, le reflet du soleil lié à une réverbération bouge sur lui, il la regarde bouger comme un chat qui regarde une souris.

La lumière est sur Marion aussi, puisqu'il la regarde, à un moment Marion peut le voir aussi, mais moins bien parce qu'elle est dos à la réverbération.

Tous les deux se retournent vers la provenance de la lumière, ce n'était rien d'autre que les amis de Samuel qui s'amusent avec leurs téléphones et avec la réverbération du soleil sur eux, ils s'éclaffaient voyant leurs réactions à tous les deux. Puis s'arrêtent.

— Bon, on va s'arrêter là pour aujourd'hui, dit-il une fois que la sonnerie retentit, d'une manière toujours froide.

Marion lui dit en revoir puis part à son cours d'art plastique, avec leur professeur assez spécial.

Elle est assise avec ses quatre amies, Kate qui mangeait chez elle arrive au même moment que Marion.

— Les filles, il faut qu'on vous raconte, commence par dire Camilla.

— On a parlé avec le surveillant tout à l'heure durant la deuxième heure de cours, quand tu étais en cours avec Samuel, complète Maïna, elles ont l'air toutes les deux surexcitées, elles étaient seulement toutes les deux à midi, Ellie n'avait pas les mêmes horaires.

— Il s'appelle Matt, il est hyper gentil, il a voulu nous aider à résoudre notre enquête, rajoute Camilla en souriant de manière insouciante.

— Pardon ? Vous lui avez parlé de l'enquête ? commence à s'énerver Marion, tout ça devait rester secret.

— Nous n'avons pas eu le choix, il a vu notre carnet…avoue Maïna à son tour.

— Mais ce n'est pas possible ! Cela devait rester entre nous, personne ne doit être courant, pas même nos parents, et toi, tu l'exposes à ce surveillant que nous ne connaissons même pas, s'écrie Kate, qui pensait pouvoir leur faire confiance.

— Eh les jeunes filles là-bas ! Nous ne vous dérangeons pas trop ! moins fort s'il vous plait ! crie le professeur à l'autre bout de la salle.

Après un long silence, Camilla décide de relancer la conversation.

— Ça ne sert à rien de vous énerver comme ça, il voulait juste nous aider, c'était une bonne intention.

En même temps, elle fait son projet d'art plastique, en collant de l'aluminium sur son dessin.

— Tu ne pouvais pas connaître ses intentions, lui répond Kate en collant du tissu sur son œuvre.

— On ne voulait pas vous offenser ni faire des choses sans votre accord. Nous pensions bien faire, se défend Maïna.

— Ce n'est pas parce que nous pensons faire bien les choses que nous les faisons bien.

A la suite des paroles de Marion, les deux amies n'osent plus parler.

Pendant un quart d'heure, Maïna et Camilla ne parlent plus.

— Marion, Kate, nous sommes désolées, nous ne voulons pas nous fâcher avec vous. Nous avons besoin de rester soudées ensemble, s'excuse Camilla.

— D'accord, mais donnez-moi le carnet, désormais vous n'aurez plus le droit de le garder, les prévient Marion, en tendant sa main puis en le rangeant dans son sac en sécurité.

— Vous pouvez nous expliquer ce dont il est au courant ? requiert Kate, curieuse, arrêtant ce qu'elle faisait.

— Nous étions en train d'écrire les nouvelles actualités, dont l'arrestation de Flore, quand il est arrivé et nous a demandé ce que nous faisons, commence par expliquer Camilla.

— Nous lui avons menti en disant que nous révisions un contrôle. Puis il a pris le carnet, puis a ri en lisant le nom du carnet, puis il a fait voler les pages pour en lire quelques-unes, complète Maïna en faisant une tête honteuse.

— C'est ta faute, tu n'arrêtais pas de rire quand nous avons essayé de nier la vérité. En plus, après il nous a confié que notre liste de suspects était minime. Et qu'il pourrait nous aider. Mais nous avons dit non, bien sûr.

Le lendemain, mercredi, deux nouveaux élèves ont disparu, toujours des collégiens.

Kate et Marion se dirigent au secrétariat durant la pause de dix heures.

Elles doivent récupérer une photocopie que leur a laissée un professeur.

— Le collège fermera surement la semaine prochaine, si ça continue comme ça, c'est M. Mégot qui vient de prononcer ces paroles.

Les deux amies se retournent l'une vers l'autre et se regardent étonner : l'établissement devient vraiment un lieu dangereux.

Une fois qu'elles l'ont récupéré, elles repartent en direction de la cour de récréation pour rejoindre leurs amies.

— Oh, tiens, regarde qui est là, chuchote Kate aux oreilles de Marion.

Samuel est juste derrière la porte vitrée qu'elles doivent traverser.

Il est avec deux amis, un garçon et une fille.

Ils se mettent sur le côté pour laisser passer les deux filles.

Quand Marion passe suivie de Kate derrière elle, elle sourit à Samuel, qui ne la regarde pas.

Enervée par son comportement, elle lève les yeux au ciel et regarde dans une autre direction.

Elle part assez rapidement puis se rend compte que Kate ne la suit plus, elle tenait la porte à Samuel et ses amis, c'est aberrant.

— Merci ! dit Samuel en faisant son plus beau sourire à Kate, Marion lève les yeux au ciel.

— Tu n'es pas cool, tu aurais pu leur tenir la porte, la sermonne Kate en revenant et en lui agrippant le bras pour continuer à avancer.

— Il n'a même pas daigné me regarder, je n'allais pas lui tenir la porte, se plaint Marion.

Jeudi, les filles ont deux heures d'espagnol puis deux heures d'anglais, c'est leur plus petite journée, sauf Camilla et Cléa qui ont soutien en français durant la première heure de la matinée.

En anglais, elles ont cours dans l'amphithéâtre pour un projet d'oral. Attendant leur professeur devant la porte, Kate et Marion regardent par le fenestron si la salle est occupée, oui, des terminales y travaillent.

— Il n'est pas là, l'informe Kate en parlant de Samuel, sachant que Marion le cherche.

Leur professeur arrive puis les autorise à rentrer dans la salle, un groupe de filles passent avant Marion et Kate.

Elles sont donc dans les premières, les deux amies tournent la tête et aperçoivent Samuel et de nombreux amis à lui assit tout en haute de la salle.

— Tu es sûr qu'il n'est pas là ? rit Marion avec ironie, ils les fixent du regard. Maïna et Camilla les suivent le reste de leurs classes aussi, et partent s'assoient à côté d'elles.

— Il y a ton petit chouchou Samuel, il nous a regardé tout à l'heure. En plus, au même moment où elle dit ça, il se lève puis les regarde une dernière fois avant de quitter la pièce.

Leur semaine se termine, rien d'anormal ne se passe, à quelques détails près, cinq autres collégiens ont disparu.

Les filles ont aussi de nombreux nouveaux indices et ont une idée des coupables, et oui, ils sont bien plusieurs.

La police, elle, n'est pas encore au courant.

Mis à part vendredi soir, en sortant du collège durant la pause entre leurs deux heures de français, Camilla reçoit un message de Cléa.

« Les filles, j'ai besoin de votre aide, je suis au ** rue ***** ** ».

— Nous devons la retrouver ? affirme Camilla, déterminée.

— Je veux aussi la retrouver, mais je te rappelle que nous avons encore une heure de cours et même si nous voulions nous échapper, il y a des policiers partout devant l'établissement, lui rappelle Kate, trouvant les idées de Camilla légèrement précipitées.

— Après le cours de français, alors, dit Maïna.

— Mais ma mère vient me chercher les filles, confit Marion.

Camilla soupire avant de lui répondre :

— Tant pis, tu pars avec nous en bus. Mais ne préviens pas ta mère, elle ne sera pas d'accord. En plus, Cléa nous a demandé de ne le dire à personne.

Marion se retourne et acquiesce, puis elles retournent en cours.

Durant la première vingtaine de minutes, les filles finissent leur travail pour pouvoir instaurer leur plan.

— Marion tu peux prendre le carnet, s'il te plaît ? requête Camilla, voulant inscrire leur plan sur celui-ci.

— Je vous ai dit que je ne l'avais plus, pour notre sécurité, les informe-t-elle.

Camilla ouvre la bouche, ayant oublié ce que son amie lui avait dit à midi.

Marion sort donc une feuille simple de sa pochette.

Elles écrivent l'heure à laquelle elles partent, comment et avec qui au cas où il leur arriverait quelque chose.

Aujourd'hui, vendredi à 17 heures, Kate, Marion, Maïna et moi (Camilla) partons retrouver nos amies Lillie et Cléa.
A l'adresse ** rue ***** **.
Nous prendrons le bus, nous avons toutes nos téléphones et un cutter que nous avons emprunté à Cloé.

La sonnerie retentit, les filles sortent les premières et foncent vers la sortie.

La mère de Marion attend dans sa voiture, elle a de la peine pour sa mère, mais bon. Elle s'en remettra.

Sur le chemin, elles sont chacune dans leur monde en écoutant de la musique avec leur écouteur.

C'est une manière de les déstresser.

Elles descendent à l'arrêt de bus qui leur est indiqué en message.

Ellie et Marion ont avancé plus vite que leurs amies, elles sont au moins à un kilomètre d'elles.

Au moment de traverser le passage piéton, une moto avec deux motards dessus s'arrête sur celui-ci, bloquant le passage des deux jeunes filles. Marion regarde son téléphone en écoutant sa musique, Ellie la regarde affolée, Marion enlève sa musique.

— Que se passe-t-il ?

— Attends, chute, ne dis rien, chuchote Ellie, toujours aussi angoissée.

— Vous allez au centre commercial ? Car nous pouvons vous emmener, dit un des hommes en tendant sa main.

— Non, répond Ellie froidement, Marion qui vient de se rendre compte de la situation, lance un regard apeuré à Ellie qui lui tient le bras.

Ils repartent, les deux filles soupirent soulagées, puis continuent leurs chemins.

— Putain, on vient de se faire accoster, je dois prévenir ma mère. Ah non, en fait, je ne peux pas, personne ne doit savoir où nous sommes ! s'exclame Ellie, en ayant la pression qui baisse.

— C'était vraiment flippant, il nous regardait vraiment bizarrement, avoue Marion, mettant sa main sur sa tête.

— Plus jamais on s'habille comme ça ! dit Ellie en grimacent.

— Mais il n'y a rien de choquant, tu portes une sorte de costard cravate et moi un t-shirt et une jupe longue, lui rappelle Marion.

En attendant leurs autres amies, elles s'assoient sur un banc, elles ne parlent plus, choquées.

— Marion regarde discrètement sur le côté, il y a une voiture en warning sur la voie de bus, le conducteur nous regarde depuis tout à l'heure, l'informe Ellie recommence à avoir peur.

— Oh non, pas encore.

Les autres filles les rejoignent, Ellie leur dit de regarder discrètement sur le côté, mais la discrétion ne fait surement pas partie de leurs qualités.

— Courez, c'est lui, exige Camilla.

Mais c'est trop tard, cinq autres inconnus sortent de nulle part et les attrapent en leur appuyant un tissu sur leur bouche pour étouffer le cri.

Camilla se débat comme elle le peut et mord la main qui recouvre sa bouche.

Maïna, elle, donne des coups de coudes à l'homme qui la tient.

Kate se débat en poussant, griffant et pinçant les bras du jeune agresseur.

Ellie, sort le cutter qui est caché dans sa poche de pull et le plante dans la main de l'individu qui se charge d'elle.

Du sang coule partout, même sur le visage d'Ellie, car sa main se trouve sur celui-ci.

Elle a enfoncé le cutteur tellement profond qu'il a traversé toute l'épaisseur de sa main, et que le bout du cutteur dépasse de celle-ci.

L'homme pousse un cri suivit d'un juron :

— Petite conne ! hurle-t-il, extrêmement fort, heureusement pour lui et les autres et malheureusement pour les filles, il n'y a aucun passant autour, sinon il aurait entendu et vu la scène.

Bien sûr, autour, il n'y a aucune caméra, tout était prévu.

Marion essaye de frapper l'inconnu qui la maintient sur sa partie intime.

Sans vain pour toutes, même Ellie.

Elles se font embarquer dans une voiture.

Les cinq hommes ligotent les mains, leur couvrent la bouche avec un bandeau et leur couvrent les yeux.

Une odeur infecte inonde la voiture, comme s'il y avait un animal mort depuis plusieurs jours à l'intérieur.

— Vous êtes prêtes à vivre votre plus grand cauchemar ?

Car il risque de prendre vie dans peu de temps, dit le seul homme parmi les cinq qui est resté avec elles, en démarrant la voiture.

Il faut dire que les filles s'y attendaient, c'est pour cela qu'elles ont laissé le plan avec le lieu où elles se rendaient dans le casier de Marion en salle de classe.

Ellie, Camilla, Kate, Maïna et Marion sont en pleurs totalement bouleversées, et effrayées.

Ne pouvant pas parler, mis à part sangloter, elles ne peuvent rien faire.

— Vous allez la mettre en veilleuse ! grogne l'homme dont elles ne connaissent toujours pas l'identité.

A la suite de ses paroles, Marion et Kate écarquillent leurs yeux cachés par le bandeau, ébahies.

Toutes les deux pensent reconnaître la voie de leur surveillant, Matt.

Après quinze minutes de trajet, la voiture s'arrête, elles se font transporter dans un lieu inconnu, il y a une odeur d'ancien et de poussière là où elles entrent.

Il leur enlève ceux qu'elles portent sur leurs yeux, leurs mains et leur bouche.

Elles retrouvent enfin la vue, elles sont dans une cellule, contrairement à Jérôme, elles sont dans une pièce éclairée.

Il y a des caméras dans tous les coins de la pièce.

— Où sont Lillie et Cléa ? demande Camilla, perturbée, observant autour d'elle, plein de photos désastreuses sont affichées aux murs.

— Matt ! Mais pourquoi, pourquoi nous faire subir ça ! s'exclame Kate, lui en voulant.

Il soupire en posant ses mains sur son front en soupirant.

— Tous ça, c'est votre faute ! Je ne voulais pas vous embarquer dans ses histoires au départ, mais Flore m'a dit que vous aviez commencé à enquêter, c'est devenu trop dangereux.

Il marque une pause avant d'avouer.

— J'ai voulu vous avertir en kidnappant Lillie, mais ça n'a pas marché, alors j'ai essayé avec Cléa et toi, Camilla.

Mais vous n'aviez toujours pas compris. Ainsi, j'ai postulé pour être surveillant dans l'établissement.

Et puis merde, pourquoi je perds mon temps à m'expliquer ? Je dois partir.

Tenez, il ne tardera pas à arriver, lance-t-il en jetant des provisions et en les enfermant à clé.

— Qui, mais de qui parles-tu ? requiert Camilla. Voulant comprendre, elle s'assoit sur un des deux pauvres matelas sal qui est mis à leur disposition.

— Que pouvons-nous faire maintenant, nous sommes piégés, s'exaspère, Marion qui s'assoie à côté de son amie.

Les cinq filles pensaient que Flore était alliée avec leur professeur de sport, M. Guillemet, pour une raison subtile et inintéressante, car elles se sont trompées. Matt a été tellement sympathique et empathique avec elles, qu'il disait que la police retrouverait ses amies et qu'elles ne devaient pas s'inquiéter. Il était juste hypocrite.

Mais Marion a assuré leurs arrières : durant ses cours particuliers de maths avec Samuel, elle lui a glissé le carnet « tout ce qu'il vaut mieux ne pas savoir » dans son sac quand il avait le dos tourné.

Il n'est pas censé savoir à qui appartient le carnet, sauf s'il lit toutes les pages.

Elle a évidemment prévenu ses amies, qui n'ont pas trouvé l'idée mauvaise.

Même si les coupables inscrits à l'intérieur ne sont tous pas les bons, Flore reste coupable.

— Ils ne nous ont pas pris nos téléphones ! se rend compte Maïna et le déverrouillant et en essayant d'appeler son père, qui est policier.

— Réfléchit, s'ils ne les ont pas pris, c'est forcément pour une raison, il n'y a pas de réseau, explique Marion qui commence à perdre patience elle adorerait être avec sa mère actuellement.

Quand des pas se font entendre, elles cachent leurs téléphones et arrêtent de parler.

Une personne déverrouille la porte, puis l'ouvre.

— Allez s'y.

Lillie et Cléa se situent juste en face d'elles, les cinq autres filles n'en croient pas leurs yeux, elles sont bien là, devant elle.

Elles paraissent extrêmement bouleversées.

Marion court vers Lillie pendant que Flore reverrouille la porte.

Elle l'examine quelques secondes, Lillie est toute sale.

Cléa aussi, mais un petit peu moins.

— Avec Cléa, nous avons quelque chose de très important à vous dire, il n'est pas mort, commence à informer Lillie.

Le lendemain matin, au commissariat, l'enquête prendra bientôt un nouveau tournant.

— Chef, nous avons reçu l'analyse du sang qui a été retrouvée dans la maisonnette de la forêt. L'enquête sur la mort de monsieur David et la disparition des enfants est liée.

— Donnez-moi ça, répond l'enquêteur en lisant les résultats.

Il s'agit du sang de monsieur David.

Les policiers en ont conclu que Flore à kidnappé les collégiens et que c'est elle aidée de quelqu'un qui cache le corps de monsieur David.

De retour du côté des filles, Flore qui écoutait à la porte les a menacés de leur faire du mal si jamais Lillie et Cléa venaient à leur avouer la vérité.

Et elles passent le weekend comme ça, sans parler, sans oser bouger.

Matt n'est toujours pas revenu, elles sont toutes seules avec Flore, les autres collégiens sont dans de cellules, des plus petites.

Lundi matin, Matt arrive en trombe, jetant toutes ses affaires au sol.

— Flore, tu dois partir le plus loin possible tout de suite ! Les flics te cherchent, ils t'accusent du meurtre de Steven ainsi que de la disparition des enfants, s'existe-t-il.

Les filles se regardent en ouvrant grand les yeux. Steven est le prénom de monsieur David, ses deux histoires auraient un lien.

— Ils ont tué monsieur David ! chuchote Marion, répugnée.

— Toi tu la fermes ! hurle Flore à Lillie, l'empêchant de répondre à sa meilleure amie, avant de quitter le lieu.

— Je dois aller travailler, rester tranquille, ne compliquez pas les choses, informe Matt.

— Donc ? Flore a vraiment tué monsieur David ? redemande Marion à Lillie.

Elle fait non de la tête, en même temps qu'une personne déverrouille la porte.

Non, c'est impossible, les filles ne peuvent pas en croire leurs yeux.

Camilla, Maïna, Ellie, Kate et Marion poussent des hurlements.

Elles sont terrorisées et épouvantées.

Comment cela peut être possible.

— Alors, vous êtes les nouvelles recrues, dit leur professeur de physique-chimie, M. David, esquissant un sourire.

Les filles, sauf Cléa et Lillie, sanglotent, apeurer, il était blessé certes, mais il n'est surtout **pas mort.**

Lillie prend rapidement le téléphone de Marion, discrètement, elle enregistre un message vocal à la première personne qui apparait dans les contacts de Marion.

Elle sait très bien que M. David va leur raconter toute l'histoire, la personne qui le reçoit aura donc toutes les preuves.

— Vos parents sont comme vous, ils ont signalé vos disparitions et enquêtent sur la mauvaise piste, évidemment.

Surprises ? Eh bien oui, je ne suis pas mort. J'ai dissimulé ma propre mort, aidé bien sûr. J'ai adoré votre réaction face à ma mort dissimulée dans la salle de physique-chimie.

J'ai fait ça pour me venger du collège. Mon but est de kidnapper le plus d'élèves possibles, en premier, ceux qui me dérangeaient le plus. Jusqu'à ce que l'établissement ferme.

Vous avez vu par qui ils m'ont remplacé, M. Martin, j'ai malheureusement été obligé de l'éliminer.

Bientôt viendra votre tour, ne vous en faites pas.

Ses aveux sont extrêmement choquants, c'est lui depuis le début, il explique son plan avec Flore et Matt qui était un ancien élève.

Eux aussi voulaient se venger du collège. Une fois son discours fini, Lillie envoie le message, au moment où elle l'envoie le téléphone émet un son, M. David porte son appareil auditif, donc il entend tout de suite.

Il l'attrape et appelle immédiatement Matt en sortant de la pièce.

Chapitre 12 : Son visage si parfait

Dans l'établissement, Matt surveille une heure de permanence, à l'amphithéâtre ce matin, la directrice a annoncé que le collège fermera ses portes ce soir.

— Allô, fit-il en recevant le fameux appel.

Il regarde autour de lui, puis quitte la salle.

A la fin de leur cours, lorsque la sonnerie retentit, Samuel sort avec ses amis de leur salle de cours.

— La situation devient vraiment grave ! s'exclame un de ses amis, lui tenant l'épaule.

— J'allais dire, tu vois Marion là, mais non pas aujourd'hui du coup ! essaye de rire un de ses autres amis bêtement.

— Non, ça ne se fait pas, tu ne peux pas rire de ça.

Samuel reçoit soudain une notification sur son téléphone, il observe son téléphone perplexe.

— Oula, tu as vu un monstre ? rit encore le même ami.

— Attendez, je reviens dans deux secondes, dit-il en s'éloignant de quelques mètres pour écouter le message vocal que lui a laissé Marion.
C'est à lui que Lillie l'a envoyé.
Il écoute puis fait une tête horrifiée, il tient actuellement le carnet de Marion, qu'il a lu chez lui ce weekend, en réalisant la situation, il jure un mot inaudible.
— Eh mec, il se passe quoi ? Tu viens, nous allons manger ?
— Allez-y sans moi, je n'ai pas faim.
Il s'assoie sur le sol dans le couloir, la tête entre les mains, relisant ce qui est écrit dans le carnet. Troublé, il décide d'aller se rincer le visage, aux toilettes pour se remettre les idées en place.
Matt, qui se cachait derrière le mur, le suit silencieusement puis ferme la porte derrière lui à clé, Samuel n'a même pas le temps de le voir qu'il lui assène un coup de poignard dans le dos.
Il gémit de douleur puis hurle, Matt lui a planté au milieu du dos, et par la suite, la

rapidement retiré, du sang a giclé sur la chemise du surveillant.

Samuel essaye de s'enfuir, mais Matt l'attrape par la chemise et le plaque contre le mur.

Voulant le torturer comme si le temps lui en permet, il le scarifie, aux endroits où sa peau n'est pas recouverte de vêtements, notamment sur son visage, que Marion trouve si parfait.

Samuel cri de douleur et fond en larmes en lui demandant d'arrêter.

Voulant encore le torturer et le faire souffrir, il lui cisaille la langue.

Puis, il lui sectionne les veines au niveau de son poignet.

Samuel hurle en essayant de se relever, mais il est trop tard.

Prit par une rage inexplicable, Matt lui plante de nombreux coups de poignard dans le ventre puis dans le torse, c'est horrible, il est complètement enragé.

Il lui assène un coup de couteau dans la partie intime.

Samuel n'a même pas le temps de parler que Matt lui donne le coup fatal.

Samuel est **mort**.

Matt sort des toilettes et appuie sur l'alarme incendie, il faut bien une diversion pour qu'il sorte du collège sans se faire remarquer.

Il change de vêtements, et mets les autres dans un sac.

Il prend le soin de récupérer le téléphone et le déverrouille avec la face d'identification, avec la tête de Samuel…

Samuel, mort

Il est allongé devant les lavabos, son corps à côté d'une mare de sang.

Ses boucles blondes trempent dans le sang, le pauvre, il n'avait rien demandé.

Matt rentre, encore excité, il claque une porte puis entre en furie dans une pièce.

— C'est bon, je m'en suis occupé, déclare-t-il à M. David, qui pendant ce temps-là a pris les téléphones des filles ainsi que la montre connectée de Kate.

— La partie peut commencer, vas me chercher le premier, ordonne M. David.

Vous êtes prêtes à voir le spectacle mesdemoiselles, j'espère que vous n'avez pas peur du sang.

Elles comprennent tout de suite son intention, il veut torturer des élèves, il est fou.

Des sirènes de voitures se font entendre, la police.

Cinq hommes, les mêmes que ceux qui ont kidnappé les filles, reviennent, ils passent par le chemin inverse d'où se trouve la police et les ligotent dans une voiture, ou plutôt une camionnette.

M. David rentre et attend Matt qui met feu au bâtiment avec les enfants, tous les autres enfants à l'intérieur ainsi qu'aux vêtements tachés du sang de Samuel.

Une fois qu'il rentre dans le véhicule, le professeur démarre en trombe.

— Putain, j'ai fait tomber le téléphone de Samuel sur le chemin, jure Matt, cette fois-ci les sept filles peuvent parler et observer l'environnement qui les entoure. Seuls leurs mains et leurs pieds sont ligotés avec une ficelle.

— Samuel ? Pourquoi vous aviez son téléphone ? requiert Marion, inquiète.

Elle se souvient qu'elle lui a donné le carnet, il l'a surement lu. Mais quel est le lien avec son téléphone ?

— Toi tu la fermes, tu ne tarderas pas à le savoir.

— Arrête-toi là, elles doivent changer de vêtement, dit-il deux heures plus tard.

Ils s'arrêtent sur le bas-côté et donnent aux filles de quoi se changer, des chemises blanches et des pantalons noirs, il leur enlève la ficelle qui attache leurs bras et leurs chevilles.

Elles sont entourées des sept hommes, les autres les suivaient en voiture depuis le début.

— Nous pourrions avoir un petit peu d'intimité ? requiert Camilla, refusant de se changer devant eux.

Ils ne répondent pas tout de suite, mais s'échangent un regard entre eux.

— D'accord, vous avez trois minutes, répond un jeune homme, qui n'a surement pas plus de vingt ans, il doit aussi être un ancien élève.

Ils se situent au beau milieu de la forêt, c'est pour ça que les filles comptent en profiter.

Camilla lance une pierre à l'autre bout de la direction d'elle et ses amies, ce qui provoque une réaction des hommes qui se retournent et se mettent en position de défense.

Les sept filles en profitent donc pour partir en courant, en courant pour leur vie.

Le problème, à part la forêt et des champs qu'elles aperçoivent au loin, c'est qu'il n'y a rien d'autre.

— Elles se sont enfuies ! hurle un des sept hommes.

Sept filles contre sept hommes.

Les filles passent devant de nombreuses cabanes, mais elles ne peuvent pas s'y réfugier, elles seraient repérées beaucoup trop facilement.

Ce n'est pas une affaire facile pour Camilla ainsi que Marion puisqu'une porte une robe et l'autre une jupe.

Soudain, elles n'entendent plus aucun bruit, plus aucun craquement de branche, ni de feuilles séchées, écrasées par des pas, plus rien.

C'est un piège, elles en profitent pour continuer à s'échapper.

Maïna ne prend même pas le temps de regarder où elle met les pieds, ce qui lui porte préjudice.

Ses deux pieds se prennent dans une ronce.

Elles tombent dans un trou, très profond, d'au moins deux mètres, la pauvre.

Ses amies, prises, de panique essayent de regarder dans le trou qui mène à un lieu souterrain.

Mais ne peuvent rien voir tellement il est sombre.

A quelques centimètres de l'extrémité du trou, il y a une échelle, très discrète, prises d'un coup de tête elles l'empruntes.

Ce n'est pas comme si elles avaient d'autres possibilités qui s'offrent à elles.

Une fois arrivées sur la terre ferme, elles observent le lieu où elles se trouvent, mais ne voient rien tellement c'est obscur.
— Maïna, tu vas bien ? demande Kate en chuchotant pour que les hommes ne l'entendent pas, la relevant du sol.
— répond-t-elle en grimaçant.
— Il n'y a pas de lumière ici ? marmonne Cléa en avançant à l'aveugle, les mains devant elle pour — Oh, qu'est-ce-que c'est, s'enquiert-elle, elle tâte quelque chose qui a du relief, et qui est extrêmement froid.
Kate vagabonde dans la pièce à la recherche d'un conteur d'électricité.
— Et la lumière fut ! s'exclame-t-elle, pas trop fort, elle vient de trouver un interrupteur.
Cléa hurle soudain, la chose qu'elle tripote depuis tout à l'heure n'est rien d'autre qu'un cadavre.
Entourée d'une bâche transparente en plastique, il s'agit d'un homme d'environ 40 ans, son corps est complètement mutilé.

Il a été tué, il a une blessure sur le coup, ce qui lui fait un collier de sang.

Il a les yeux encore ouverts.

— Chut, la sermonne Camilla en se précipitant vers elle pour poser sa main contre sa bouche.

Des pas résonnent au-dessus d'elles.

Elles se cachent dans le placard le plus proche, ne regardant même pas ce qui s'y trouve à l'intérieur.

Elles se pincent le nez, elles sentent une odeur infecte.

Des personnes descendent les marches de l'échelle, très probablement les sept hommes qui les cherchent

— Il y a quelqu'un ? fit l'un d'entre eux, comme si quelqu'un lui répondrait « oui, nous sommes cachées dans le placard » ou « non, il n'y a personne ».

— J'espère que personne n'a repéré notre planque, avec tout ce que nous avons dedans… dit une voix plus âgée que les autres, celle de M. David.

Elles sont actuellement dans la réserve des hommes qu'elles doivent éviter.

Les filles se tiennent les mains paniquées, nul sait quand elles pourront sortir de ce trou.

— Ces petites connes nous le payeront très cher quand nous les retrouverons ! assure un homme. Suite à ses paroles, elles se resserrent encore plus, les mains affolées.

— Demain matin, nous repartirons tous les sept à leur recherche.

Et elles, en profiteront pour s'enfuir, elles ne pourront pas rester plus de temps, pliées en deux dans le placard.

— Nous avons oublié les affaires dans la voiture, allons les récupérer.

Dès qu'ils ne sont plus là, Camilla entre, ouvre la porte du placard, laissant passer la lumière.

Kate décale un pot en verre avec son bras, sans faire exprès, il se casse avec le choc, faisant couler le liquide qu'il contient, un liquide rouge, avec, non, impossible des bouts de doigts. C'est du sang.

Dans un autre bocal, il y a un liquide transparent semblable à de l'eau, mais dans celui-ci, il y a des yeux, des marrons, des verts, des bleu… tous différents.

— AAAAAAH, hurle Kate en commençant à pleurer en s'accrochant à Marion.

— Partons vite d'ici.

Dans la forêt, il commence à faire sombre, Marion à une montre qui s'allume la nuit avec la lumière qu'elle capte le jour et peut donc voir l'heure, il est vingt heures.

Elles courent le plus vite possible, ce qui n'est pas une tâche pour Marion qui a une jupe longue et Camilla qui a une robe.

Maïna, elle tient son poignet tellement la douleur est intense.

— Nous allons où, je commence à être essoufflée, se plaint Lillie le souffle coupé.

Les filles se regardent, n'ayant aucune réponse à sa question, elles examinent autour d'elles.

— En face ! Il y a une grotte ! s'exclame Camilla, rassurée d'avoir trouvé quelque chose.

Des feuilles craquent assez loin d'elles, mais assez près pour qu'elles entendent leurs sons.

— Je vois des silhouettes au loin, Steven ! elles viennent de se faire repérer.

Elles se précipitent vers le seul lieu qui leur permet de s'y cacher.

En arrivant devant le lieu, elles voient qu'il ne s'agit pas seulement d'une grotte ordinaire, mais d'une grotte pétrifiante.

Il y a une pancarte à l'entrée qui indique qu'il ne faut pas y entrer, car le fond de la grotte commence à s'effondrer.

Ce qui n'empêche pas les sept jeunes filles d'y pénétrer.

Elles s'enfoncent dans la grotte jusqu'à atterrir près d'un cours d'eau, c'est magnifique.

Mais elles ne possèdent aucun moyen pour traverser ce cours d'eau. Il n'est pas si long que ça, mais pas si court non plus, il n'y a pas de barques.

Ce qui ne facilite pas la tâche de Maïna, Kate, Camille, Cléa, Ellie, Lillie et Marion.

— Pourquoi vous faites ces têtes ? les questionnent Maïna.

Elle les scrute, voyant qu'elles ne lui répondent pas, elle comprend donc leur intention.

— Ah non, non, il n'y a pas moyens que je me baigne dans ça, jamais, s'indigne-t-elle et elle n'avait pas tort, elle n'a pas dû être nettoyé depuis un certain temps.

— Moi, ça ne va pas me faire de mal, je pus, je ne me suis pas lavé depuis de nombreux jours, dit Lillie en plongeant dans l'eau.

Cléa l'observe, n'osant pas faire la même chose que son amie. Prise par un coup de tête, elle saute à son tour.

Les autres les suivent jusqu'à ce qu'il n'y ait plus d'eau et qu'elles gagnent le bout de la grotte.

— Décidément, nous n'avons pas de chances, à chaque fois que nous sommes à un endroit, nous sentons des odeurs immondes, se plaint Camilla, dégoutée en se pinçant le nez.

Elles observent autour d'elle, la grotte est beaucoup plus lumineuse que tout à l'heure.

Maïna a mis du temps à se décider sachant que son poignet la fait souffrir.

Durant un moment de silence, Marion se met à hurler, décidément en ce moment les jeunes filles crient très souvent.

— Sur le panneau, il informait que la grotte s'effondrait, mais mise à part des stalactites qui tombe, il n'y a pas de dégâts, se rend compte Cléa.

— C'est un cadavre pétrifié ! se justifie-t-elle.

Mais il n'y en avait pas qu'un seul, mais plusieurs au moins cinq. Et encore d'autre au loin.

— Mais qu'est-ce qui a bien pu se passer, c'est apocalyptique.

Chapitre 13 : Ça glisse

Du côté de l'enquêteur, il se rend au collège, car l'établissement les a contactés puisqu'il y a eu l'alerte incendie.

Il fait le tour de l'établissement afin de trouver le lieu potentiel de l'incendie.

Mais il glisse dans un liquide, le liquide dans lequel il a atterrit gicle sur lui.

C'était du sang, le sang de Samuel, c'est morbide.

Il se lève et observe ce qui l'entoure puis se retourne.

Bien évidemment, il tombe sur le corps de Samuel privé de vie.

— Encore un ! Il sort son téléphone de sa poche, envoie au directeur de l'institution ainsi qu'à ses collègues que ce n'est qu'un meurtre et pas un incendie.

Mais au même moment où il tente d'appuyer sur l'icône « envoyé » il retombe dans le sang en essayant de se relever.

Mais cette fois-ci sa tête heurte le lavabo, il finit assommer.

Ce n'est que trente minutes plus tard que ses collègues le retrouvent, lui ainsi que le corps du jeune homme.

— Mais qu'ai-je bien pu faire ? demande l'enquêteur, horrifié par la quantité de sang qu'il possède sur lui.

Il regarde autour de lui, mais ne se souvient de rien.

— Vous avez glissé dans le sang d'une nouvelle victime, lui annonce un officier.

— Rien que ça, répond-il, subjugué par le ton, dont son collègue lui informe la chose, il n'a absolument pas l'air de trouver la situation aberrante.

— Quand je vous ai retrouvé, j'ai cru que vous veniez de tuer ce jeune homme, après, j'ai cru que vous étiez mort. Mais non donc, tour va bien, dit l'officier qui l'a retrouvé dans le sang.

— La personne qui lui a affligé ce sort devait être enragée ou bien sadique, avoue un autre officier en arrivant dans la pièce, interloqué par l'état du corps.

L'enquêteur, encore un petit peu dans les vapes, le regarde les yeux rouges.

— Oui, c'est pour ça que nous devons faire de notre possible pour arrêter le coupable le plus tôt possible.

Du côté des parents, ils sont angoissés.

Les parents se sont rejoints dans un parc, tout près du lieu où leurs filles ont disparu, mais ça, ils ne le savent malheureusement pas, en tout cas pas pour le moment.

— Vous n'avez reçu aucun message de leur part ? Elles n'ont pas fugué, j'en suis persuadée, affirme Sandra, la mère de Marion.

Un silence règne à un tel point qu'ils peuvent écouter les voitures passer.

— Rien, mais avec toutes ses disparitions récentes dans l'enceinte du collège, je doute que leur disparition ne soit pas reliée à cela, répond Mary, la mère de Lillie.

Le père de Kate touche sa tête, pensif.

Il sort son téléphone puis cherche quelque chose.

La localisation de la montre de Kate.

— Merde, nos filles étaient ici, s'exclame-t-il, se levant tout de suite du banc.

Les autres parents étaient sous le choc, si elles y étaient, cela signifie qu'elles n'y sont plus maintenant.

Le père de Maïna, policier, qui travaille sur l'enquête, envoie immédiatement un message à son supérieur, l'inspecteur qui enquête sur l'affaire.

— Allons-y, mais je reste devant, prévient-il.

En engageant la marche.

Quand il arrive à quelques mètres de l'habitation, ils se précipitent à l'intérieur, il y a le feu.

Ils sortent les collégiens qui s'y trouvent et appellent les pompiers.

Ils cherchent désespérément mais non, leurs filles ne sont pas à l'intérieur.

Chapitre 14 :
Rien ne va plus

— J'ai faim ! grommelle Kate, elles sont toutes assises par terre, en train de jouer avec des stalactites qui sont tombées, comme s'ils étaient des balles antistress.

— Moi, j'ai sommeil, rajoute Ellie en bâillant ainsi qu'en s'étirant.

— Marion, Cléa ! Je sais que vous êtes là, je ne veux pas vous faire de mal ! crie une voix qui ne leur inspire pas confiance.

Les filles se relèvent tout de suite et tentent de s'enfuir, mais entre les corps pétrifiés et la fin de la grotte qui ne mène plus à rien, elles se sont fait piéger.

Si elles veulent s'enfuir, elles sont obligées de passer dans l'eau, là où se trouve cette certaine personne.

— Que faisons-nous maintenant ? s'angoisse Camilla en grimaçant.

— Je ne vous veux pas de mal, je veux juste vous aider.

— Oh, mais c'est tellement gentil ! Tant que nous venons d'oublier qu'il y a un jour, vous nous avez kidnappé ! ironise Lillie à l'intention de leur surveillante, oui, Flore.

Elle a réussi à les trouver toute seule.

Marion tourne la tête voulant, elle aussi, réplique, leur surveillante est aussi accusée de meurtre, pourquoi elles partiraient avec elle.

— Je n'ai pas tenu M. David au courant, vous pourriez vous échapper avec moi, mais je ne vous kidnapperai pas.

Je dois aussi me cacher de Stephen et des autres, avoue-t-elle, le ton de sa voie parait sincère et anxieux.

Les sept jeunes filles sortent de leur cachette, qui n'est rien d'autre qu'une immense pierre pétrifiée.

— Nous y gagnons quelque chose ? réplique Lillie.

— La vie sauve, affirme Flore, Camilla cour à côté d'elle en restant à quelques mètres.

— Je ne suis pas prête à mourir.

Les autres filles soupirent avant de les rejoindre, qui aurait cru qu'elle serait avec une psychopathe de leur plein gré.

Elles traversent le coin d'eau qui doit avoir une profondeur d'un mètre vingt, pas plus.

Mais leur malchance ne va pas s'arrêter maintenant.

La voûte de la grotte se met à craquer, à l'endroit où les stalactites sont les plus gros.

Les sept collégiennes ainsi que Flore accélèrent leurs nages.

Des stalactites commencent à tomber dans l'eau, heureusement pas sur les filles.

Recevoir une aussi grosse stalactite sur soi ne doit pas faire beaucoup de bien.

— Aïe ! hurle Camilla en s'enfonçant dans l'eau comme si elle portait un poids sur son dos.

Cléa opère vite un demi-tour pour aller la rejoindre et l'aider.

Les autres, elles préviennent Flore de les attendre, ce qu'elle ne fait pas.

Elles croient même l'entendre prononcer « c'est chacun pour soi dans cette histoire ».

Elle les attendra sûrement, mais à l'extérieur de la grotte.

Affolées par ce qu'elles voient, les filles écarquillent les yeux et mettent leur main devant leur bouche.

Camilla a une stalactite très longue et pointue plantée dans l'épaule. Elle crie de douleur et verse quelques larmes.

Beaucoup de sang coule sur son bras.

Ce n'est vraiment pas joli à voir.

Cléa s'apprête à lui enlever cet objet tranchant.

— Non ! Ne fais pas ça, ça pourrait être pire, la stoppe Marion.

— Marion a raison, sortons comme ça. Flore sera obligée de nous amener à l'hôpital et par la même occasion, nous retrouverons nos parents.

Camilla gémis et saisi la stalactite puis l'enlever de son épaule en poussant un hurlement.

Encore plus de sang s'échappe de son bras, c'est ce que Marion et Kate redoutaient.

Que cela fasse une hémorragie, mais bon, ce qui est fait est fait et plus à faire.

Mais le problème est que l'eau contient sûrement des bactéries. Comme la grotte est interdite d'accès, l'eau ne doit pas être nettoyée.

Pour Camilla qui a une plaie, maintenant l'eau peut être un danger pour elle.

Et elles n'ont rien pour le lui désinfecter.

Les filles sortent de l'eau, Camilla aussi, mais en pleurant. Elles passent par un autre chemin que celui qu'elles ont emprunté à l'aller.

Flore patientait devant la grotte, attendant leur retour, paraissant sereine.

— Tu dois nous aider, réclame Cléa, lui montrant l'état de son amie.

— Je lui ferai un bandage quand nous arriverons chez moi, les rassure-t-elle, ce n'est pas vraiment la réponse à quoi s'attendaient les adolescentes.

Et s'installent dans la petite voiture de cinq places de leur surveillante.

Le problème, elles sont huit, Maïna est sur Marion, Ellie sur Kate et Camilla sur Cléa, elles n'ont pas le choix.

Durant le trajet, Flore met la radio, rien ne les choque jusqu'à ce que le prénom de chacune d'entre elles et des informations sur elles sont exposées.

Pour elles c'est assez étrange à écouter, leur entourage doit être tellement inquiet.

Elles savent ce que ça fait, elles-mêmes l'ont vécu avec des camarades à elles.

Elles pensent surtout à leur famille, elles espèrent les revoir, ce qui n'est pas bien engagé.

Les vitres de la voiture de Flore sont teintées, de l'extérieur personne ne peut voir l'intérieur.

Dans la voiture, seules Flore et Lillie sont visibles.

Arrivées chez la surveillante, elles entrent dans une petite maison en pierre carrée, recouverte de lierres, éloignée de toutes les autres habitations.

— Vient Camilla, je vais te désinfecter ta plaie et te faire un bandage.

Elle la suit, quand une question vient à Marion.

— Flore, tu pourrais nous prêter ton téléphone pour que nous puissions appeler nos parents et la police sans dire que nous sommes avec toi ?

— Je n'ai plus de téléphone, il n'y a pas de réseau ici, répond-elle tout de suite.

Elle marque une pause, voulant dire quelque chose, mais en hésitant.

— Si vous retournez chez vous, Stephen vous tuera. Sympa. Pensent les filles.

— Et où sommes-nous au juste ? se questionne Cléa.

— Dans la Loire.

— Mais combien de temps allons-nous rester ici ? lui demande Kate.

— Le temps que je réussisse à tuer monsieur David, déclare-t-elle avait rancœur, jetant un couteau dans un sac à dos, elle va partir maintenant, elle ne perd vraiment pas de temps.

— Mais tu n'y arriveras pas, ils sont sept et tu es toute seule ! Désolé de dire ça et d'être pessimiste, mais si tu meurs, nous serons coincées ici ! la préviens Camilla.
— Ou M. David pourrait nous retrouver ! Et nous tuer… complète Ellie, qui ose enfin parler.
Flore enfile des genouillères et un « équipement de protection », sûrement qu'elle la fait elle-même, ce qui rend douteuse sa sécurité.
Elle met la capuche de son sweat et un masque, pour ne pas se faire reconnaître, mais elle est ronde et a une morphologie que tout le monde n'a pas.
Rien qu'avec ça, les sept hommes pourront la reconnaître.
— À toute à leur, je vous le promets, assure leur surveillante en claquant la porte d'entrée, les laissant toute seule.
— Moi, je suis sûr qu'elle ne reviendra pas, s'assure Cléa en s'affalant sur un fauteuil et en attrapant une petite balle en mousse en la lançant dans les airs pour la rattraper par la suite.

Maïna part fouiller dans les placards et le frigo tellement son ventre la tortille.

— Il faut que nous cherchions s'il n'y a vraiment pas de téléphone ici, dit Maïna en craquant des chips dans sa bouche.

Elles sont assises, sur un canapé et allument la télévision.

Elles regardent le journal de treize heures.

« Au niveau de la Loire atlantique, nous avons retrouvé grâce au téléphone de Flore un sac de vêtements portants l'ADN de sept jeunes filles parmi les collégiens qui ont disparu près d'une grotte, a été retrouvé du sang, qui appartient à Camilla Alfonse.

Et les empreintes de six autres jeunes filles. »

— Ils sont juste à côté, bon, nous nous sommes déplacées, mais ils ne sont peut-être pas loin. Même si Flore nous a demandé de rester ici, comme elle nous a dit aussi, chacun pour soi, déclare Marion cherchant dans tous les recoins s'il n'y a réellement pas de téléphone.

Elle ouvre un tiroir puis trouve une pochette bleue, mais non, aucun téléphone à l'intérieur ce celle-ci.

Puis une boîte en métal, bingo, un téléphone, c'est un téléphone à clapet, mais il fera l'affaire.

Elle écrit le numéro de la police puis les appels

— Allô, oui, c'est Marion, une des élèves qui a disparu. Je ne sais pas vraiment où nous sommes, mais vous pouvez venir nous chercher ? s'empresse-t-elle de dire, totalement angoissées.

— Nous ferons notre possible pour arriver au plus vite, puis il raccroche. Pas volontairement, il n'y a plus de réseau donc l'appel a été interrompu.

Maintenant, ça fait une heure que les filles attendent leur arriver.

— Je pense qu'ils n'arriveront jamais, s'inquiète Lillie en tournant en rond dans la petite pièce.

Quand du bruit se fait entendre dehors, la police.

Elles tentent d'ouvrir la porte, mais Flore l'avait verrouillée à son départ.

Plan B, observer à la fenêtre.

Mais ce n'est pas la police ! C'est leur professeur de physique-chimie ainsi que les six hommes qui poursuivent Flore avec un regard sadique.

Et Flore, qui a déjà de grosses blessures, elle n'arrivera pas à leur échapper.

Les filles ne doivent pas se faire repérer, donc elles partent et s'enferme dans une petite pièce où il n'y a pas de fenêtres.

Soudain, elles entendent Flore hurler, comme si elles se faisaient égorger.

— Je pense que c'est fini pour elle, soupire Cléa.

— Arrête, tu es horrible. Tu ne peux pas dire ça, s'horrifie Kate.

Certes, c'est triste que Flore n'ait pas survécu, mais premièrement, elles n'en sont pas sûres, puis elle les a tous de même kidnappé.

Une personne tambourine à la porte, faisant sursauter les jeunes filles.

— Nous entrerons ici par tous les moyens possibles, des bruits de brisures de verres résonnent dans la petite habitation.

Les hommes sont passés par la fenêtre, mais soudain plus aucun bruit.

Quelques secondes plus tard, la police était là. Elles peuvent entendre les sirènes.

— A terre ! crie un homme, sûrement un officier.

Les sept jeunes filles ne peuvent toujours pas sortir, quand un bruit de clé retentit.

— J'ai trouvé la clé ! les informe Ellie en la sortant d'un bocal en verre.

Elles la déverrouillent et sortent en trombes de cette minable habitation.

C'est abominable, une fois dehors, elles s'arrêtent juste devant le corps mort de Flore, qui a une hache plantée dans la poitrine.

Elle a la bouche et les yeux toujours ouverts, c'est abominable.

Du sang coule partout sur ses vêtements jusqu'au sol.

Les six hommes sont agenouillés sur de l'herbe et ne bougent pas.

Les sept filles se tiennent les mains et sanglotent, Camilla et Ellie sont sur le bord de la crise de panique.

Elles tremblent énormément, elles auraient pu y passer elles aussi.

Tout est terminé, mais elles ne surviennent pas à le cautionner et à le réaliser.

M. David, lui, est debout, les mains en l'air, faisant une tête d'innocent.

— Vous avez le droit de garder le silence et de… les prévient un officier en leur récitant les droits du Code pénal.

Toute l'équipe de policiers les menotte.

Ça y est, tout est fini, ou presque.

— Laissez-moi vous expliquer ! Je ne suis pas coupable, s'innocente le professeur de physique-chimie.

Par la suite de ses paroles, les filles se retournent soudain vers lui, gardant une distance raisonnable, et le regardent avec haine.

— Comment osez-vous dire ça ! Vous avez mis en feu un lieu où se trouvaient de nombreux enfants et vous plaidez être innocent ! lui rappel Kate en lui hurlant dans les oreilles.

Elles sont toutes exaspérées et perturbées par ces derniers évènements.

— Nous règlerons ça une fois arrivé au commissariat, là, ce n'est pas le lieu ni le moment, les filles, montez dans une voiture, commande-t-il d'un ton autoritaire.

Marion, Kate, Lillie et Ellie montent ensemble dans une voiture.

Camilla, Maïna et Cléa dans une autre.

Marion et ses amies sont dans celle de l'inspecteur, il doit être maniaque, sa voiture est tirée à quatre épingles.

— J'ai prévenu vos parents que vous aviez été retrouvées, nous étions inquiets, car tous les autres collégiens ont été retrouvés, sauf vous, explique-t-il en les regardant à travers le rétroviseur.

— Il… Il y a eu des morts, demande Ellie anxieuse, en tremblotant.

— Dans les élèves kidnappés, non, certains ont d'importantes brûlures, mais ils sont tous en vie. Mais il y a eu un meurtre, celui de Samuel Narine. Il a été retrouvé mort, il a dû être torturé.

— Ça… Samuel ! s'horrifie Marion, en commençant à verser des larmes, ayant le cœur qui bat tellement fort qu'elle a l'impression qu'il va sortir de sa poitrine.

— Nous n'avons pas encore découvert qui a fait cet acte ni pourquoi.

Kate et Ellie qui sont assises à côté d'elle, la prennent dans leurs bras

Lillie ne peut pas les étreindre comme elle est assise devant, mais les observe avec un regard compatissant.

Elles sont loin de penser que cette mort est en partie leur faute.

Dans la voiture où sont Camilla, Cléa et Maïna, les filles sont pensives et ne parle pas, elles ne se rendent surement pas compte que tout est fini.

— Dis-moi, Camilla, comment as-tu fait cette blessure sur ton épaule ? l'interroge un policier.

— C'est assez compliqué, nous nous sommes cachées dans une grotte pétrifiante pour échapper aux hommes, mais une stalactite est tombée sur moi, avoue-t-elle.
— Et qui t'a fait ce bandage ?
— C'est Flore, répond Cléa alors que la question ne lui était pas destinée.
Arrivées au commissariat, leurs parents les attendaient.
Les sept filles courent vers eux et sautent dans leurs bras, c'est si réconfortant.
La situation est très émouvante, tout le monde pleure.
Quelques minutes plus tard, les sept jeunes filles suivent l'enquêteur dans son bureau pour faire leur déposition.
Tous les hommes ont été emprisonnés, sauf M. David, le pire de tous.
Elles lui expliquent toute la vérité sans oublier aucun détail.
— D'accord, mais ça ne coïncide pas du tout avec ce que votre professeur dit, il aurait, lui aussi, été enlevé.

Les filles écarquillent les yeux complètement sous le choc et dépassées.
— PARDON ?!

Chapitre 15 : injustice

Dix minutes plus tard, l'enquêteur a convoqué M. David ainsi que les filles en même temps.

Quand le professeur entre dans la salle, les filles lui lancent un regard noir.

Une fois installé, l'interrogatoire commence.

— Je voudrais savoir comment vous êtes-vous fait kidnapper, demande-t-il à l'intention des filles.

— Nous avons reçu un message provenant du téléphone de Cléa qui nous demandait de la venir la chercher à un tel endroit, commence par expliquer Marion qui tourne la tête vers Kate pour lui demander de continuer.

— Quand nous sommes arrivées à destination, des hommes sont sortis de nulle part… En fait, non, ils sortaient d'une voiture, mais les autres, aucune idée. Puis, Bam, ils nous ont enlevé, poursuit-elle, les mains tremblantes rien qu'en se rappelant la scène.

Lillie et Cléa n'étaient pas là, elles ont toutes les deux étés kidnappées de manières différentes.

— Moi, c'était très différent, j'étais en train d'aller chercher des chasubles pour un professeur de sport, un de nos surveillants m'a attrapé, elle regarde Cléa pour lui laisser la parole.

— C'est aussi un peu différent pour moi, mais je n'étais pas seule quand c'est arrivé.

Avec Camilla, nous attendions un bus pour aller chez Marion. Et un homme est sorti de nulle part et a essayé de nous attraper toutes les 2.

— C'était Matt, mais il n'était pas encore surveillant.

L'inspecteur note puis regarde Stephen, est-ce qu'il va réussir à inventer un mensonge

Il entremêle ses deux mains prêtes à parler.

Matt est un ancien élève, il m'a toujours dit qu'un jour, il se vengerait de l'établissement. C'est aussi lui qui m'a enlevé. Il m'a invité à prendre un verre et a mis un somnifère dedans.

Les filles se lèvent et lui crient d'affreuses choses.

Se retenant de lui sauter dessus pour lui arracher les yeux.

— Ça suffit, stop, les filles, sortez tout de suite, ordonne-t-il, montrant du doigt la porte.

Enragées, elles quittent la pièce en prenant le soin de claquer la porte.

— Je n'y crois pas, ce mec est vraiment un psychopathe, s'exclame en donnant un coup de pied sur un plastique qui se trouve sur le sol, elle a les sourcils froncés.

— Le pire, c'est que nous n'avons aucune preuve et ça, ça me rend malade, déclare Marion en soupirant.

— Mais ce n'est pas concevable, il ne peut pas s'en tirer comme ça ! Il a commis tellement de délits ! s'indigne Kate.

Ellie commence à pleurer, elle est hypersensible, jusqu'à présent, elle a réussi à se contenir et à garder la tête sur les épaules, mais là ce n'est plus possible. Lillie aimerait lui dire « ne t'inquiète pas, tout va s'arranger », mais elle lui mentirait.

— Vous pouvez rentrer chez vous, nous n'avons aucune preuve de ce que vous avancez contre votre professeur, nous ne pouvons donc pas l'arrêter.

Les filles se retournent vers le commissaire.

— Mais nous sommes des témoins, nous sommes sept, ce n'est pas suffisant ! s'écrie Camilla.

Mais il fait non de la tête, il ne les croit tout simplement pas.

— Vous pourriez mentir et protéger quelqu'un, annonce-t-il en fronçant les sourcils pour les analyser.

Elles ouvrent en grand la bouche, offensée par ses accusations.

— Nous aurions donc disparu durant de nombreux jours, pas toutes au même moment et au plein milieu de nul par pour rien ! Camilla est même blessée, s'énerve Cléa.

— Nous avons appris que chacune d'entre vous aurait des raisons de lui en vouloir, de ce fait, nous ne pouvons rien exclure.

C'est l'hôpital qui ce fou de la charité.

— C'en est trop pour aujourd'hui, allons-nous-en, dit Marion, prenant le bras de ses amies.

Mais il ne veut pas qu'elle parte à priori, il referme la porte les empêchant d'avancer.

— Juste pour vous prévenir, votre professeur risque de revenir donner des cours très prochainement.

Une fois sortie de cet enfer, elles vont chez Lillie et passent l'après-midi ensemble, elles retourneront demain matin, mercredi, au collège.

Leur brevet arrive bientôt maintenant, elles ne pourront plus se permettre de disparaitre autant de temps ni d'enquêter par-ci par-là.

Avant de se retrouver chez Lillie, elles vont chacune chez elles pour se changer, elles ont la même odeur qu'un putois, comme dit Marion.

Dans la grotte pétrifiante, il devait vraiment y avoir de nombreuses bactéries vu la senteur.

La tenue que les filles portaient est désormais devenue la tenue qu'elles détestent le plus vu les souvenirs qu'elle rappelle.

Une heure après, les six jeunes filles arrivent chez leur amie, toutes propres.

C'était moins une.

Elles discutent de tous et n'importe quoi, elles essayent de positiver et de ne pas penser qu'un meurtrier qui n'est personne d'autre que leur professeur est en liberté.

— Ça va mieux ton épaule Camilla ? s'inquiète son amie Maïna, la profondeur dans laquelle était la stalactite était très importante.

— Oui, ça va, je suis allée à l'hôpital tout à l'heure, ils ont réglé tout ça, affirme-t-elle avec un sourire rassuré.

Elles jouent à des jeux de sociétés puis regarde une série, Marion essaye de ne plus penser à Samuel, de toute façon ça ne sert à rien, il est mort.

— Les filles, nous avons reçu un appel de la police, ils ont retrouvé vos téléphones, ils ont analysé les empreintes mises a part les vôtres, il n'y en a aucune. Nous allons les chercher, puis nous revenons, les informe gentiment sa mère.

— Il n'y a vraiment plus aucun espoir… jamais M. David sera déclaré coupable, soupire Ellie.

Une fois que la mère de Lillie revient, elle leur redonne leurs téléphones.

— Samuel ? J'ai reçu un message de sa part, s'étonne Marion, il lui a envoyé avant de mourir…

— Il te disait quoi ? s'intéresse Cléa, regardant par-dessus l'épaule de Marion.

— « Bonjour Marion, j'ai pris connaissance du carnet que tu m'as laissé. Je vais l'apporter au commissariat.

Je ne sais pas si l'on se reverra bientôt, peut-être.

Bon courage et je te souhaite une très bonne réussite pour le brevet. »

Marion reste sceptique, il savait qu'ils ne se reverraient pas ?

— Oula, c'est assez bizarre le message qu'il t'a laissé.

Lillie observe le sol, pensive, elle se sent mal pour son amie.

— Mais c'est vrai, il est où ce carnet, toutes nos preuves sont dedans ! Sans ce carnet, nous n'avons rien contre monsieur David, s'exclame-t-elle, faisant réaliser à ses amies que rien est encore perdu si elles retrouvent ce calepin.

Le lendemain matin, les filles se préparent chacune de leur côté, absolument pas prêtes pour retourner à l'école, mais elles n'ont pas le choix.

Elles s'attendent pour rentrer dans leur établissement, elles n'ont pas la force de supporter ses regards méprisants et insistants sur elles en rentrant toute seule. Mais à sept, elles y arriveront.

Mais tient, comme par hasard, qui entre en même temps qu'elles dans le collège, cette espèce de lâche de professeur de physique-chimie.

Les filles ne lui adressent même pas un regard, il ne vaut mieux pas.

En cours, tout le monde est silencieux, personne n'ose parler ni même participer. Certaines camarades aux filles sont venues les étreindre, rassurer par leur retour.

Les autres eux leur jetaient des regards soit méprisants ou inquiets, ou encore interrogatifs.

Certains sont tellement choqués qu'elles ont l'impression qu'ils viennent de voir des morts-vivants.

Mais elles n'ont jamais été mortes ?

Ce même regard que quand elles ont découvert que monsieur David était encore en vie.

Durant leur cours de sport un professeur demande encore aux sept filles d'aller chercher des chasubles dans le self.

Au début, elles refusent, mais finissent par accepter.

Arrivant là-bas, elles hurlent, horrifiées par leur découverte.

Elles découvrent la dame de la cantine, même si elle ne l'apprécie pas vraiment, la voir au sol avec de la mousse qui dépasse de sa bouche, c'est assez choquant.

Elle a été empoisonnée

— Oh non, je pensais que c'était fini… Partons vite et allons prévenir un adulte, crie Kate en courant hors de cet endroit.

— Monsieur, il y a une morte dans la cantine… s'exclame Lillie complètement chamboulée.

Quelques minutes plus tard, la police ainsi que les pompiers débarquent en trombes.

Ils emportent le corps de la vielle dame.

L'inspecteur leur a posé de nombreuses questions comme s'il les suspectait.

Mais les filles, elles, sont persuadées que le coupable est monsieur David.

— Vous n'avez aucune preuve de ce que vous avancez. De toute façon, avec les analyses des empreintes, nous serons fixés, affirme l'enquêteur

— La petite maisonnette où vous nous avez retrouvé, il y a de nombreux bocaux avec des organes et des bouts de corps dans ceux-ci, réplique Lillie.

Il leur lance un regard avant de s'échapper du collège.

Au moins elles auront essayé.

— Décidément, les filles, vous n'avez vraiment pas de chance, j'espère que tout cela sera bientôt achevé, leur souhaite gentiment le professeur de sport.

Les sept collégiennes ne savent plus où donner de la tête.

C'est un combat qu'elles ne souhaitent plus mener.

Chapitre 16 : révisions

Un mois et demi plus tard, c'est le trente juin, le dernier jour avant le brevet des collèges.

Les filles ne pensent plus à toute cette histoire et ont fait leur possible jusqu'à présent pour ne plus croiser le chemin de monsieur David.

Aujourd'hui Marion a invité Lillie chez elle pour qu'elles révisent ensemble.

Surtout pour décompresser avant le grand jour.

— Samuel m'avait envoyé un message avant de… avant de mourir, c'étaient des exercices de brevet de maths, nous pouvons les faire ? propose Marion la voix tremblante, la mort de Samuel est encore récente.

Elles s'entrainent puis continuent jusqu'à ce qu'elles n'en puissent plus, il fait trente-deux degrés dehors et la chambre de Marion est sous le toit.

Elles mettent en marche le ventilateur, mais rien à faire, c'est insupportable, elles n'arrivent pas à se concentrer.

— D'ailleurs, demain, nous allons revoir tous les élèves de l'école d'à côté, soupire Marion. Leur établissement fait partie d'une institution dans laquelle il y a leur établissement et un autre. Pour les examens, ils se retrouvent tous dans l'établissement des filles.

— Oh, j'avais complétement oublié, oh, mais attends, nous allons revoir Romumu ! s'écrie Lillie en parlant d'un garçon qu'elles connaissent toutes les deux.

Marion rit puis repense à lui.

— Avec sa coiffure de brocolis ! plaisante Lillie.

— Oh arrête, il a de beaux cheveux bouclés, le défend Marion, la dernière fois qu'elles l'ont vu était lors de leur oral de brevet, il y a trois semaines.

Romumu est son surnom, son vrai nom est Rémi, il est brun aux yeux noisette.

Marion le connaît depuis qu'ils sont en sixième, ils étaient amis avant.

— D'ailleurs, ma mère à accepter que je n'aille plus aux séances chez le psy, l'informe Lillie soulagée, elles ont toutes été forcées à prendre rendez-vous chez une psychiatre après l'incident.

— Vraiment ! Moi aussi, c'était tellement gavant, répond Marion en riant, suivie de Lillie, elles sont fatiguées.

Le lendemain au collège tous se passent pour le mieux, elles viennent de finir leur épreuve de français, qui s'est plutôt bien passé.

— Oh non, c'est immonde ce qu'ils nous servent à déjeuner aujourd'hui ! se plaint Kate.

Depuis que la vielle dame aux cheveux couleur pipi, de la cantine a été assassinée tout est infect.

Elles s'installent à une table puis discutent, tout en révisant.

Quand Rémi accompagné de ses amis prend place à leur table laissant deux places d'écarts eux.

Kate et Lillie hausse les sourcils en esquissant un sourire, Ellie, elle, n'a aucune réaction, elle ne connait même pas Rémi.

Elles s'interrogent sur des sujets de mathématiques, leur prochaine épreuve est celle-ci.

Une fois leur déjeuner fini, elles se lèvent pour aller débarrasser, une fois arrivées vers les poubelles, où des responsables de la cantine s'y trouvent.

Au début, elles les saluent poliment, sans réellement faire attention à eux.

— Les filles, eh, par ici, j'ai besoin de vous et vous avez besoin de moi, les interpelle une voix masculine dont elles ne voient pas la provenance sur le moment.

Une fois qu'elles trouvent l'homme qui les sollicite, elles l'observent avec incompréhension.

C'est un collègue de la dame blonde qui s'est fait tuer récemment.

— Non, nous ne voulons pas savoir quoi que ce soit, ces dernières semaines ont été compliquées, et nous avions réussi à ne plus penser à cette histoire, se désespère Marion, ne prenant pas la peine de regarder cet homme.

— S'il vous plaît, je pourrais vous aider, j'ai des preuves que le coupable est bien monsieur David.

Elles échangent un regard puis hochent la tête.

Il les fait passer du côté où les élèves n'ont pas le droit d'aller, avant de leur faire découvrir l'unique preuve qu'il possède.

— Ce sont les vidéos de la caméra de surveillance, M. David ne devait pas être au courant de leurs existences puisqu'elles ont été installées après vos disparitions.

Les jeunes filles peuvent apercevoir l'enseignant verser de nombreuses substances chimiques dans une aiguille.

Juste avant de les injecter dans le bras de la vielle dame de cantine, il est vraiment atroce.

— Comme vous avez le brevet aujourd'hui jusqu'à demain, je vous propose que nous le dénoncions à la police demain soir avant votre bal, si vous êtes d'accord bien sûr, propose-t-il.

— Le problème, c'est que nous n'aurons pas le temps, mais nous pourrons l'envoyer via internet si vous acceptez, nous avons les contacts de l'inspecteur.
Le vieil homme hoche la tête en leur souriant sincèrement, rassuré.
— Attendez, pause, pourquoi M. David aurait voulu tuer votre collègue ? le questionne Marion, ne voulant pas tomber dans un piège.
— Ils ont eu une histoire tous les deux… il ne poursuit pas sa phrase sachant que les filles, on comprit, ça s'est mal terminé.
— Aussi, je devais vous dire quelque chose. En fait, non, je ne comptais pas le faire, car vous ne vouliez plus en entendre parler. Mais nos empreintes ont été retrouvées sur les gants de la cantinière, informe Maïna à l'intention de ses six amies.
— A nous sept ! S'étonne Kate, tout retombe sur elles.

— Ils veulent attendre la fin des épreuves pour nous interroger, dit Maïna, comme son père est policier.

— Alors, à ce sujet-là. J'avais la vidéo sur laquelle nous voyons votre professeur transposer des empreintes sur les gants de mon amie. Mais j'ai été aux toilettes et j'ai fait tomber la clé USB qui contenait la vidéo dedans. J'avais oublié qu'elle était dans ma poche arrière…

— OH NON, et vous ne laviez pas sauvegarder ? demandé Lillie ayant un espoir.

— Non, suite sa réponse les filles soupire, et manque de verser quelques larmes.

En sortant, Kate s'arrête soudain de marcher.

— OH, non, non, non, non, non ! Nous n'aurions jamais dû accepter sa proposition, ça va nous déconcentrer au moment où nous avons le plus besoin de l'être !

Elle angoisse, elle se met une pression : durant toutes les prochaines épreuves, elles risquent de penser à cela.

Marion essaye de la réconforter, en lui rappelant que ce qu'elles feront demain n'aura aucun impact direct sur elles, justement cette vidéo les aidera, tout pourrait enfin être achevé.

Juste avant que la sonnerie retentisse, Mme Mégot demande à tous les élèves de se rassembler pour une minute de silence en hommage à M. Martin, à la dame de la cantine ainsi qu'à Samuel.

Ils sont placés en cercles dans la cour de l'établissement, bien évidemment les sept adolescentes sont au beau milieu de tous les cercles.

A leur plus grand désespoir, M. David participe lui aussi à la minute de silence, honte sur lui.

— Ça va les filles ? s'inquiète Méline, une amie à elles, sachant qu'être ici est compliqué pour elles.

— Nous ne pouvons pas mentir et dire oui, disons que c'est assez difficile, avoue Camilla.

La sonnerie retentit, aucune d'entre elles n'est dans la même salle d'examen.

Elles rentrent dans leurs classes puis s'installent.

— Un, deux et trois. Vous pouvez composer, autorise un professeur.

Il y a un silence religieux qui règne dans l'établissement, deux professeurs surveillent chaque salle.

Marion lève les yeux un moment pour regarder autour d'elle, et aperçoit ce psychopathe de professeur de physique-chimie, qui analyse l'intérieur de la salle quelques secondes en passant devant.

Marion tourne le regard sur sa feuille et se reconcentre, ce n'est pas le moment d'être distraite.

De son côté, Camilla est dans l'amphithéâtre, la plus grande salle d'examen.

Deux professeurs surveillent également la pièce, quand M. David fait son entrée et relaie une professeure.

Elle lève les yeux aux ciels, ça n'aurait pas pu tomber sur un autre enseignant, sérieusement ?

Camilla se persuade qu'il ne l'a sûrement pas vu, il y a plus de soixante personnes dans l'amphithéâtre.
Raté, il est actuellement fixé sur la jeune fille.
Elle soupire puis place sa main devant son visage, puis appuie son front dessus.
Puis pense à autre chose, aux mathématiques.
En sortant de l'établissement, elles prennent leurs téléphones portables pour informer leurs parents que tout s'est bien passé.
Elles prennent toutes le bus, c'est la première fois depuis, depuis l'incident.
— Allô, oui, je vais bien, et toi ? De ne pas m'approcher de lui, mais pourquoi ? Je ne comptais absolument pas le faire, demande Marion qui est en communication avec sa mère.
Kate lui tape l'épaule puis lui demande ce qu'il se passe.
— La police nous interdit d'approcher M. David ! C'est plutôt lui qui devrait l'être.

Chapitre 16 : des plumes et des pieds

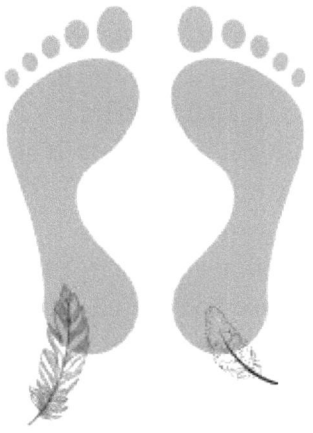

Au commissariat, l'inspecteur décide d'interroger les six hommes qui ont été mis en cellule pour prise en otage de mineur y tentative de meurtre (quand Matt a mis feu à leur repère).

— Ils ne veulent pas parler, je ne sais pas ce qu'ils défendent, mais je finirai bien par le ! s'offusque-t-il.

Il se tourne vers lui, le regardant avec quelque chose en tête, haussant les sourcils, il est assez simplet.

— J'ai une idée, elle ne va surement pas vous plaire, mais elle est très fiable à cent pour cent, enfaite non, vous allez refuser.

— Arrêtez de revenir sur votre choix, vous avez commencé, alors maintenant, vous finissez, exige-t-il autoritairement.

— Donc, la solution est de prendre des plumes et de leur chatouiller les pieds avec, déclare-t-il sans plaisanter, d'une manière très sérieuse.

Son supérieur fait une tête stupéfaite et incomprise.

Qui chatouillerait les pieds de prisonniers, réellement ?

Eh bien, eux, ils ne possèdent pas d'autres solutions.

Ils pénètrent dans leur cellule, et s'agenouillent devant eux, à leurs pieds.

C'est tellement ridicule.

— Qu'est-ce que vous foutez ! Vous allez nous faire un massage des pieds ! plaisante un des jeunes hommes, suivi du rire des autres

L'inspecteur claque des doigts et quatre stagiaires entrent munis d'une plume chacune.

— Dites-nous tout ce qu'il c'est passer au cours de ces dernières semaines et qui protégez-vous.

Ils les déchaussent et leur chatouillent les pieds avec des plumes.

Ils se tortillent de rire jusqu'aux larmes.

— Stop, arrêtez ! requièrent-ils.

— C'est… ce n'est pas nous, mais lui, il nous à forcer et manipulé, avoue le plus jeune d'entre eux.

Les deux policiers se retournent l'un vers l'autre.

— Lui ? Qui ça ? demande-t-il en même temps.

Puis le jeune explose de rire tellement fort que tout le monde dans la pièce s'arrête net.

Matt se pivote vers lui, le regard noir, signifiant que le jeune homme doit s'abstenir et ne rien dire.

— Matt, au point où nous en sommes, ça ne sert plus à rien de le protéger, lui rappelle-t-il, en haussant les épaules.

— Je suis d'accord, ces jeunes filles n'ont rien demandé, tout ça n'est en aucun cas leur faute, dit un d'entre eux, fixant le sol, honteux.

— C'est Stephen David, il nous a choisi, car il voulait se venger de l'établissement scolaire, et de tous les professeurs, surtout du collège. Et nous auparavant, nous avions été virés du lycée, pour des raisons minables, il savait très bien que, nous aussi, nous voulions nous venger, explique le plus jeune, il devient tout rouge et verse une larme.

Les autres prennent la relève et détails tous sans oublier un élément.

— Vous avez des preuves de ce que vous avancez ? requiert l'inspecteur, levant un sourcil, il ne les croyait toujours pas ?

Matt sort une pochette de sa poche, comment a-t-il pu réussir à la garder sur lui ?

Celle-ci contient le téléphone portable de Samuel, ainsi que le carnet des filles, où toutes les preuves s'y trouvent.

— Vous allez être mis en examen pour enlèvement, complicité de meurtre et tentative de meurtre. Matt, vous pour meurtre.

Ils hochent la tête, ils savent qu'ils doivent payer pour ce qu'ils ont fait.

L'inspecteur s'empresse vite d'aller à l'institution scolaire, pour arrêter le coupable, suivi de sa troupe.

— Non, nous devons encore vérifier un détail, le téléphone de M. Martin, le remplaçant en physique de M. David, s'enquiert-il en stoppant tous mouvements.

— La police attend certaines preuves, s'ils en découvrent ne serait-ce qu'une seule contre M. David, il sera emprisonné, explique Marion, repartant ce que sa mère lui a dit.

— Enfin, ils nous croient, ce n'est pas trop tôt ! s'exclame Cléa.

Marion, Kate, Lillie et Ellie ont prévenu leurs amies de la proposition du vieil homme de la cantine.

Aujourd'hui, elles reprennent le bus pour la première fois depuis leur disparition.

C'est extrêmement stressant, car la dernière fois qu'elles sont montées dans un bus tout ne sait pas très bien passer.

Cléa et Maïna prennent le bus dans l'autre sens que leurs sept autres amies.

Elles se séparent donc une fois l'arrivée de leur bus.

— A demain, et faites attention à vous, bisous, dit Camilla en les saluant de la main.

Dès qu'elles rentrent chez elles, chacune de leur côté, elles révisent une dernière fois avant leurs dernières épreuves qui se dérouleront demain.

Les jeunes filles sont pensives, l'arrestation de leur professeur de physique ne tient qu'à elles.

Il ne faut surtout pas qu'elle perde la vidéo, mais elle doit normalement être gardée bien au chaud chez le responsable de la cantine.

Il faut juste qu'il ne lui arrive rien.

Mais si elles savaient… elles n'inquièteraient plus.

Il y a une chose à laquelle les filles ont hâte, le bal.

Il va être incroyable, leurs robes le sont aussi.

Lillie, Kate, Ellie et Marion sont allées les acheter ensemble.

Marion n'en a pas pris, sa mère lui a donné une robe qu'elle a portée en tant que demoiselle d'honneur dans les années 2000.

Ce bal marquera la fin de leur année de troisième, qui était, nous pouvons l'avouer, catastrophique.

Mais il marquera essentiellement la fin du collège.

Mardi matin, les épreuves commencent à neuf heures trente.

— Et merde ! souhaite Sandra, la mère de Marion.

— Bisous, répond-elle à sa mère en sortant de sa voiture.

Elles commencent avec Histoire-Géographie et EMC, ce matin le sujet a fuité, elles ont donc eu le sujet de secours.

Une fois l'épreuve terminée, elles partent déjeuner.

Et retrouve le monsieur de la cantine nommé François.

— Nous pouvons nous retrouver à dix-neuf heures. Et nous enverrons la vidéo. Avant, je ne pourrais pas.

Elles acquiescent puis partent manger.

Dorénavant, elles ne doivent plus penser à leur examen.

Certains élèves de l'école d'à côté les dévisagent, sachant sûrement ce qui leur est arrivé il y a quelques jours.

Mais elles n'en portent pas attention.

— D'ailleurs, les filles, nous avions promis de ne pas en reparler avant ce soir, mais mon père m'a prévenue, Matt et les autres ont avoué que M. David était bel et bien coupable.

Elles discutent durant un moment puis repartent dans leur salle d'épreuve.

Quelque chose reste étrange et suspect, M. David n'est pas présent aujourd'hui.

Hier, elles l'avaient entendu se plaindre qu'il devait surveiller les épreuves de toute la journée.

Les filles sont sept et aucunes ne l'a comme examinateur. Ce qui n'est pas plus mal.

C'est la dernière épreuve, incroyable.

L'épreuve de science, dont monsieur David était le professeur de Lillie et Ellie. Heureusement, depuis leur enlèvement, le professeur n'a plus eu le droit de donner cours à leur classe.

De toute façon, si cela avait été le cas, elles auraient séché.

— Trois, deux, un, c'est terminé, posez vos stylos, ordonne chaque examinateur d'une salle différente au même instant.

Les jeunes filles quittent l'établissement et ne pensent qu'à une seule chose.

— Le bal : « leur vengeance ».

Chapitre 17 : Le bal

Cette fois-ci, elles ne rentrent pas chez elles en transports, leurs parents viennent les chercher.

— Coucou, dit Marion en rentrant dans la voiture de sa mère.

— Ça va ? Alors comment se sont passées tes épreuves ?

Marion lui raconte tout, omettant un détail, celui qui explique ce qu'elle et ses amies comptent faire ce soir.

Il est actuellement quinze heures, Kate, Ellie, Lillie et Marion se sont donné rendez-vous chez la mère de Lillie pour prendre des photos avant d'aller à leur bal, dans leur établissement.

Là, elles possèdent le temps de se reposer et de décompresser de ses deux journées d'épreuves.

Marion décide de regarder la télévision avec sa mère.

Ses autres amies font de même.

Deux heures plus tard, elles commencent à se préparer.

Lillie à une robe rouge vif à bretelles et longue avec un petit décolleté, avec des talons noirs.

Sa mère la maquille puis lui boucle les cheveux.

Kate a une robe bleu vif longue également. A manche courte, avec des chaussures à talons blanches.

Sa mère la coiffée, en faisant un chignon. Du côté d'Ellie, elle, à une robe vert foncé, longue avec une fente raisonnable, elle s'est coiffée comme tous les jours, avec des petits talons noirs.

Revenons du côté de Marion, elle met la robe longue bordeaux que sa mère lui a donnée, avec des talons noirs. Elle porte des boucles de longues oreilles en argent qui sont aussi à Sandra.

Elle porte deux pinces dans les cheveux et sa mère la maquillée.

Elles sont toutes magnifiques.

Pour les faire décompresser, la mère de Marion leur a acheté des faux cils d'une grandeur et de couleurs impressionnantes.

Arrivée dix-huit heures, Sandra amène Marion chez sa meilleure amie.
— Oh, tu es trop belle ! S'exclame ses amies en voyant Marion.
— Mais vous aussi, vous êtes superbe !
La mère de Lillie les prend en photos, avec les faux cils bien sûr, mais aussi sans.
Puis, elles mangent des bonbons avec les petites sœurs de Lillie.
Trente minutes plus tard, leurs mères les accompagnent au collège, les quatre filles se rendent à leur bal, tous les élèves attendent impatiemment l'ouverture du portail.
En arrivant devant le collège, les sept jeunes filles reçoivent un mail de deux professeurs, une professeure d'anglais ainsi qu'un professeur d'informatique.
Bonsoir, les filles,
Nous avons des preuves contre M. David, rejoignez-nous le plus vite possible dans la salle des professeurs.
Cordialement,
Mme Omar et M. Paresseux.

Les filles hésitent, c'est leur soirée et elles ne souhaitent pas la gâcher en enquêtant, ce qui jusqu'à maintenant n'a servi à rien. Elles décident donc, d'y aller, mais plus tard dans la soirée, juste avant de rejoindre le cantinier pour envoyer la vidéo de monsieur David à la police.

Une fois dans l'enceinte de l'école, elles retrouvent leurs trois amies, Maïna, Camilla et Cléa.

François leur fait signe, que la partie commence.

Au début, elles discutent avec des camarades et dansent.

Ellie et Marion veulent prendre une photo de certaines personnes, Romumu, l'ancien coup de cœurs de Marion qui est avec ses amis, elles font donc semblant de se prendre en selfie en posant et les prennent en photo.

Monsieur David n'est toujours pas présent.

Mais ça ne les empêchera pas d'envoyer la vidéo.

— Les filles, c'est l'heure, vous venez avec moi ? les questionne François.

Les sept collégiennes se lèvent et partent dans un coin derrière le self.

— Vous êtes prêtes ? A trois, j'appuie sur envoyer, un, deux et trois… ça y est, c'est parti.

— Dans moins d'une heure, la police débarquera, s'assure Kate.

— Vous venez avec nous, les filles ? propose Nelly, une amie à elle, pour aller chercher de quoi se revigorer au buffet.

Les filles ont l'impression de revivre, d'être délivrée d'une sorte de souffrance, ou de poids.

— Vous êtes trop belles les filles, complimente leur professeur de SVT.

Elles dansent et prennent pleins de photos.

Les sept filles vont au photo maton et prennent des photos avec deux autres amies, Louisa et Narcisse.

Elles connaissent Marion depuis plus de sept années.

Elles restent aussi avec Adrien et Harry.

Qui ont laissé tomber les filles au moment le plus important de l'enquête.

Les filles profitent de leur soirée avant d'être interrompu par François.

— La police risque d'arriver dans une dizaine de minutes.

Elles hochent la tête comme guise de réponse.

Une musique qu'elles adorent arrive, elles partent sur la piste de danse sans se soucier du regard des autres pour une fois.

La musique était tellement forte que même à l'extérieur, elle se faisait entendre.

— Un point positif, si la police vient ça ne sera pas pour tapage nocturne, nous sommes au milieu des champs.

Elles discutent avec une professeure de français, la préférée de Marion. Elle l'a eu comme professeur il y a quelques années, mais ne l'a plus maintenant.

Marion a écrit un livre à douze ans, M. Favorite le lui a corrigé, elle est vraiment gentille.

Les professeurs ainsi que le personnel de l'école dansent même le directeur des deux institutions, c'est assez comique.

Le directeur principal des deux établissements s'approche des sept jeunes filles.

— Les filles, vous pouvez aller chercher deux micros dans le laboratoire, si vous ne voulez pas, je comprends.

— Ça ne nous dérange pas, il est dans la réserve du laboratoire ? répond Kate avant qu'il n'ait le temps de finir sa phrase.

Les amies se retournent vers Camilla, elles n'ont aucune envie de retourner là-bas, la dernière fois quel y ont été tous leurs problèmes ont commencé.

Avant d'aller chercher les deux micros, elles se rendent vers la salle des professeurs, comme leur avaient demandé les deux professeurs.

Quand elles arrivent, la porte est entrouverte, elles toquent puis entrent sans attendre aucune réponse.

— Finally, vous êtes là. Ce que nous avons découvert est really grave, commence à les prévenir la professeure d'anglais, en se tournant vers son collègue avec un regard angoissé.

— M. David a laissé son téléphone déverrouillé ici même, explique-t-il en montrant la table du bout du nez, avec de la bave sèche au coin des lèvres, comme les gens empoisonnés.

— Nous avons voulu regarder ses discussions par messages, car nous commencions à douter de son innocence. Et nous avons effectivement trouvé plusieurs preuves.

Tous les deux marquent une pause dans leurs explications et prennent leurs gourdes pour boire.

Une fois que tous les deux ont fini de boire, ils se retournent l'un vers l'autre et leurs estomacs fait un bruit étrange.

Sans que personne ne s'y attende, ils explosent.

Tout même leurs os sont réduits en miettes, il ne reste seulement celles-ci ainsi que deux flaques de sang.

Les sept jeunes filles se retrouvent couvertes de sang et de petits bouts de chairs, comme les murs qui les entourent. Nous pouvons dire que la tapisserie est refaite.

— Beurk, mais c'est dégoutant, hurle Camilla.

Elles ne surviennent même plus à pleurer. Les filles partent aux toilettes se nettoyer le visage et essayent d'enlever le sang qui se trouve sur leurs robes.

Elles partent quand elles se rappellent qu'elles doivent aller chercher les deux micros dans le laboratoire.

Heureusement pour elles, la police ne tardera pas à arriver.

Elles se dirigent vers la salle puis entendent des sirènes de voitures de police se rapprocher.

Ils sont là pour monsieur David.

C'est maintenant que la fête peut commencer.

Elles s'arrêtent devant le laboratoire, mais, OH NON.

La même odeur que celle qui y était quand les jeunes filles ont découvert le corps de M. David quand il a simulé son empoisonnement.

Mais à présent l'odeur est désormais encore plus intense.

Aucune d'entre elle n'a envie et se sent capable d'ouvrir la porte.

Les cinq filles se retournent vers Kate, Lillie et Marion, les seuls qui pourraient avoir le courage d'ouvrir la porte.

Les trois jeunes filles appuient sur la poignée et poussent la porte, au même moment la police survient.

Mais il est déjà trop tard, les jeunes filles ont déjà vu ce qu'elles n'auraient pas dû voir.

— Non, ce n'est pas possible, pas encore ! crient-elles à quelques secondes d'intervalle.

Elles versent quelques larmes et se font attraper par des policiers qui les amènent plus loin pour qu'elles ne voient pas la scène.

Quelques jours plus tard,
Les jeunes filles se retrouvent chez Marion pour profiter de derniers moments ensemble.
Lillie déménage en Charente cet été et Camilla et Maïna partent étudier toutes les deux dans de différents lycées. Elles ne savent donc pas quand elles vont se revoir et si elles le pourront.
Elles partent au cinéma, font des batailles d'eau à l'extérieur et jouent à des jeux de société.
Eh bien évidemment, elles visionnent des séries d'horreur. Bien sûr, tout ce qu'elles ont vécu jusqu'à présent ne suffisait certainement pas.
Elles grignotent des pops Corn, sucrés évidemment, ainsi que des bonbons et boivent des boissons sucrées, rien de mieux pour leur santé.
Dans un épisode, une jeune fille tombe amoureuse de son professeur particulier, qui n'est pas bien plus âgé qu'elle, mais c'est un sadique.
Mais la jeune fille ne le sait pas.

— Marion ! s'exclament les jeunes filles, avec des sous-entendus en tête, pensant à l'ancienne situation de leur amie.

Marion se cache le visage derrière ses deux mains en riant, honteuse.

— Oui, mais maintenant, c'est fini ! De toute façon, il n'est plus là, se défend-elle.

Ses amies échangent un regard, puis hausses les sourcils.

— Nous allons t'en trouver un autre, ne t'en fais pas, Samuel était vraiment laid avec ses cheveux longs et son grand nez, rit Cléa en allongeant son nez voulant imiter celui du terminal.

Le téléphone de Marion vibre, elle vient de recevoir une notification.

Quand elle clique dessus avec ses amies, le regard rivé sur son écran, elles lisent le message.

« Bonsoir Marion, comment se sont passées les épreuves ? »

Le destinataire du message n'est personne d'autre que Samuel.

Mais quelqu'un tente surement de lui faire une blague, Samuel ne peut plus lui envoyer de messages.

Mais le numéro est pourtant bien le sien.

— Olala, souffle Maïna désappointé, autant que ses amies

TOC ! TOC ! TOC !

Quelqu'un toque à la porte de la chambre de Marion, c'est surement sa mère.

— Oui, tu peux entrer ! crie-t-elle, ne bougeant pas du matelas.

Les filles se retournent vers la personne qu'elles pensent être Sandra, mais ce n'est absolument pas elle.

C'est Samuel, comme par hasard, quand on parle du loup, on en voit la queue.

Il n'a vraiment pas changé, c'en est déstabilisant.

Elles échangent un regard bref avant de lever les yeux aux ciels.

Depuis leurs séances chez le psy, elles ont l'impression d'être devenues folles.

Camilla rit à gorge déployée, appuyée sur Cléa.

Ellie et Lillie paraissent sceptiques, mais ce n'est pas plausible, il ne peut pas être là, pas comme ça, pas juste **devant elles.**
Marion soupire accompagnée de Kate qui pousse le jeune homme hors de la chambre.
Puis toutes les deux lui claquent la porte au nez, sur son grand nez.
— Putain d'imagination, se persuadent-elles.

Chapitres bonus :

Le vingt-sept septembre, c'est le jour du début du voyage d'intégration des classes de secondes dans l'établissement de Kate et Marion.

Cette nouvelle année scolaire, les deux filles ont été inscrites dans la même classe pour leur plus grand bonheur.

Camilla est dans le lycée de la ville d'à côté qui fait partie de la même institution. Elle n'est pas toute seule, la moitié de leur classe de troisième est partie là-bas, l'autre est restée.

Lillie, elle, a déménagé durant la fin de l'été.

Elle manque beaucoup à ses amies, Kate, elle, est plutôt contente que Lillie ait déménagé : elle peut enfin avoir Marion pour elle toute seule.

Maïna a changé d'établissement pour pouvoir intégrer une école avec l'option art, car cette école ne prenait pas les élèves du privé.

Cléa et Ellie, elles sont restées avec Kate et Marion.

Ellie est, elle aussi, dans la classe de Marion et Kate, en seconde 2.

Cléa s'est retrouvée toute seule, elle a donc demandé à changer de classe.

Toutes les trois se sont faites de nouvelles amies dans leur classe, au début, elles ont eu du mal, il y a eu beaucoup trop de nouveaux.

Elles ont fait entrer dans leur groupe Eléa ainsi qu'Amber.

Eléa ressemble légèrement à Marion, elle est métisse et très grande, quand elle parle tout le monde à l'impression qu'elle est stupide.

Elle est addict aux photos, elle prend des photos à longueur de journées.

Amber, elle, ressemble à Camilla, elle est petite, blonde et enrobé.

Elle est assez spéciale, c'est ce qui fait ça personne.

A longueur de journée, elle ne prend pas des millions de photos, mais fait des crises de panique.

Il y a de nombreuses autres personnes à qui elles parlent et qu'elles apprécient dans leur classe.

Mais ils sont trop nombreux pour les décrire tous, vous ne tarderez pas à faire leur connaissance.

Revenons à nos moutons.

Ce matin, tous les élèves de secondes doivent se rendre au lycée à huit heures pétantes.

— Coucou, s'exclame Marion à ses amies en arrivant.

Leur séjour d'intégration se déroule à trois quarts d'heure de l'établissement, en voiture.

Mais les élèves ne s'y rendent pas en voiture, mais à vélo, en plus de ça, le temps fait des siennes.

Dehors, c'est le déluge, mais selon les professeurs accompagnateurs, c'est hors de question de reporter.

— Allez récupérer vos vélos ! ordonne une professeure d'Histoire-Géographie.

Les quatre filles se dirigent vers leur salle de sport pour les récupérer.

— Mon vélo est cassé ! crie Ellie, trouvant cela scandaleux.

Quand elle avance avec son vélo, dès qu'elle accélère, il freine, comme s'il avait été trafiqué.

A neuf heures, l'heure du départ, les quatre-vingts élèves partent.

Sur le chemin, tout se passe bien au début, sauf quand plusieurs élèves commencent à tomber.

Et ça jusqu'à ce qu'ils arrivent.

Arrivée à la base de loisirs, après trois heures et demie de vélo, tout le monde dévore son pique-nique.

— Eh, j'ai failli tuer Marion sur une départementale ! crie une fille dans tout le hall.

Tout le monde se tourne vers la principale concernée.

Et oui, cette fille a vraiment été dangereuse, c'est une longue histoire et il n'y a rien à se venter sur ça.

Une fois le déjeuner fini, tous les élèves se rendent dehors pour connaitre les consignes de l'après-midi qu'il leur reste.

— Alors, cette après-midi, vous êtes libres de faire ce que vous voulez, mais avant de commencer vos occupations, vous devez faire vos chambres de quatre personnes. Une fois que vous serez installées, vous pouvez vous occuper, explique le préfet des études.

Marion et Kate, qui sont en binôme, proposent a Amber et Ellie de se joindre à elles, quelle erreur.

Elles doivent donner la composition des membres de leurs tentes à une professeure de sport.

Marion cite leurs prénoms.

— C'est tout bon pour moi, vous pouvez y aller.

A côté se trouve leur professeur de physique-chimie qui discute avec Kate.

Au moment où les deux jeunes filles remercient leurs professeures, en se tenant toutes les deux la main, au même moment quelque chose de fouettant, tombe entre leurs mains.

Elles lâchent la main de chacune par douleur, et regardent ce qui a provoqué cela, un gland.

— Oula, vous venez de vous faire agresse par un gland, partez vite avant d'en recevoir d'autre, s'étonne leur professeur de physique.

Elles choisissent une tente qui n'est pas encore prise.

— Oh, vous avez vu la marque de rouge sur la tente ! les informes Amber.

C'est une marque couleur sang, bien au milieu de leur tente, en forme de v, absolument pas flippant.

— Vous voyez les marques que les voleurs font avant de venir voler dans un lieu, cette marque est ressemblante, avoue Ellie, s'en vraiment réfléchir.

— Oh, Ellie, la ferme, s'énerve Kate, elles vont dormir ici cette nuit, ce qu'Ellie vient de dire est une des meilleures choses pour qu'elles ne surviennent pas à dormir.

Elles déverrouillent la fermeture de la tente, une fois qu'elles mettent un pas dans la tente, Amber commence déjà à crier.

La semaine risque d'être longue.

Quand elles s'installent à l'intérieur de la tente, tout n'est malheureusement pas encore fini.

Amber et Ellie se mettent à hurler toutes les deux, leurs deux amies se retournent, interpellées.

— Il y a des araignées ! hurle Amber, Kate, exaspéré par la situation, prend un mouchoir et les enlève.

Les araignées mesurent la taille d'une graine de poussière, avec des pattes en plus.

Marion aide Kate à les retirer.

Après avoir installé leur tente, elles partent se balader dans la foret de la base de loisir, où elles possèdent le droit d'aller.

Elles se promènent puis prennent des photos, quand elles tombent sur des jeux en bois, elles décident d'y jouer.

Après ce moment libre, les filles partent se doucher, dans les douches communes (avec des cabines).

— Vous venez, nous allons nous doucher, prévient Kate, à l'intention d'Amber et Ellie qui n'ont toujours préparé leurs affaires.

Kate et Marion échangent un regard en se retournant l'une vers l'autre, dégoûtée.

— Mais c'est sale ! Nous avons fait du sport et nous avons pris beaucoup de pollution sur nous en roulant sur la route, leur rappelle Marion.

— Oh ça va, nous mettrons du déodorant ! se défend Amber, les sourcils froncés en levant les yeux aux ciels, comme une enfant de huit ans.

Kate lui lance un regard qui vexe immédiatement Ellie.

— Vous n'êtes pas nos mères ! Et arrêtez de dire que nous ne sommes pas propres, je portais des vêtements anti-transpirants ! s'écrie-t-elle, extrêmement vexer, en croisant les bras.

Comment la croire sachant que les vêtements anti-transpirants n'existent pas.

— Bon, nous vous laissons, nous, au moins, nous allons nous laver, annonce Kate, prenant le bras de son amie, se dirigeant dans les douches.

En revenant, les professeurs appellent les élèves pour aller se restaurer.

Pour se rendre au réfectoire, il faut passer par une route, ainsi que par un petit passage dans la forêt.

Durant le repas, tout le monde parait fatigué, ou plutôt le sont réellement.

En rentrant dans la pièce, les élèves découvrent trois buffets de nourriture.

Tout le monde se sert raisonnablement, mis à part Amber, qui prend une montagne de pâte à la carbonara, avec du ketchup et de la mayonnaise sur celles-ci. Sans oublier la salade de pâtes qu'elle a prise en entrée.

Kate et Marion échangent un regard, mais ne la juge pas, elles sont juste étonnées.

Après le repas, il y a une soirée, sur le thème haïtien.

Bonne idée quand c'est le déluge dehors et qu'il fait huit degrés.

Arrivée l'heure de la soirée, les secondes partent dans la salle juste derrière celle où ils étaient.

Les filles et quelques-unes de leurs amies s'installent sur une chaise pendant que les autres dansent.

Elles ne se lèvent qu'une seule fois, pour danser une chorégraphie qu'elles connaissent.

Quand elles reviennent s'assoir, Amber n'est plus là.

— Eléa, tu sais où est partie Amber, elle était là, il y a deux secondes ? demande Marion à une nouvelle camarade à elle.

— Oui, elle est partie aux toilettes comme elle ne se sentait pas bien, lui répond-elle en ouvrant grand les yeux, avec sous-entendu, elle devait faire la grosse commission.

Depuis qu'elles sont à la soirée, elle n'a pas arrêté de se plaindre de maux de ventre, en se plaignant vulgairement « j'ai envie de chier ».

Toujours très classe.

— Mais pourquoi tu ne l'as pas accompagné ? la questionne Kate, absolument pas rassuré, car il fait nuit dehors et elles sont au beau milieu de la foret.

— Les toilettes sont juste derrière la salle, à de pas, elle doit apprendre à se débrouiller toute seule,

Dix minutes plus tard, elle ne revient toujours pas.

— Tu es sûr qu'Amber est partie aux toilettes derrière la salle ? lui redemande Kate.

— Je ne lui ai pas dit qu'il y avait des toilettes derrière la salle… Elle a surement été là où se trouvent nos tentes. Amber a dû traverser toute la forêt.

Mais dans le noir, elle perd totalement son sens de l'orientation.

En plus de cela, elle fait souvent des crises d'angoisse dès qu'elle se sent oppresser.

Elle doit être dans un coin de la forêt en train de pleurer.

Les jeunes filles tentent de prévenir une professeure, en vain, car elle n'accepte pas de se déplacer.

Les filles appellent leur amie au téléphone, lui envoient des messages, mais rien.

La soirée se poursuit, les filles regardent leurs camarades danser, ayant l'air attardé, hypnotisés par la musique en train de sauter les uns autour des autres.

Dix minutes plus tard, toujours aucune nouvelle

Tous les élèves se dirigent vers les tentes pour aller dormir. « J'étais avec la professeur de physique-chimie, je rentre », c'est le dernier message que les amies d'Amber reçoivent de sa part, mais on pouvait-elle bien rentrer ?

Quelques minutes plus tard, tout le monde la cherche, puis un moment maintenant, dans la nuit, mais aucune trace d'Amber.

— Bon, la police est là, ils vont continuer à chercher Amber, nous la retrouverons, essaye de les rassurer une professeure.
Les filles rentrent dans la tente, mais se sentent mal, elles pensent ne pas réussir à dormir tant qu'Amber ne revient pas.
Mais un de leurs accompagnateurs leur explique que si Amber est retrouvée, elle ne reviendra pas ici, mais rentrera chez elle.
Décidées à ne pas se coucher tout de suite, elle regarde un thriller sur le téléphone de Kate, elles sont bien dans l'ambiance du film, dans le noir, dans une tente au milieu de la forêt.
En regardant le film, elles dégustent des chocolats, mais une lampe torche s'attarde sur leur tente, Marion, qui est la plus proche, voit qu'une personne s'apprête à rentrer dans leur petite habitation.
Ellie et Kate concentrées sur le film n'en prête pas la moindre attention.

La personne qui tient la lampe torche ouvre la fermeture de la tente, apeurées, Kate lâche son téléphone de sa main.

— Toc, toc, toc ! À la découverte de la personne qui fait dépasser sa tête de la toile de la tente, avec la lumière en dessous de sa tête, Marion esquisse un sourire, puis rit.

— C'est qui ça ? s'alarme Kate, n'ayant pas reconnu sa nouvelle professeure de physique-chimie.

— Je voulais juste vérifier que vous soyez toutes là. Bonne nuit, leur souhaite-t-elle tout en s'esclaffant au vu de leur réaction.

— Quelle idée de regarder un film d'épouvante au milieu de la forêt, la nuit, alors qu'une amie à nous a disparu, soupire Kate en se rallongeant.

Elles s'endorment à la fin de leur film, mais quelques minutes plus tard, Ellie les réveillent, ayant très mal aux jambes.

Elle a des courbatures.

Marion lui donne un Doliprane et Kate essaye de la consoler.

Au moment où elles arrivent à se rendormir Ellie se remet à chouiner et à se plaindre de douleur.

Ses amies soupirent, Marion ronchonne, réveillée par Ellie, n'ayant eu qu'une heure de sommeil entre les crises d'Ellie. Kate n'a même pas eu le temps de se rendormir.

— Ellie, arrête, tais-toi et laisse-nous dormir maintenant, se fâche Marion.

Ellie pleure en remuant dans tous les sens

— Kate, les filles, nous devons aller voir les profs, je ne me sens vraiment pas bien.

— Vas-y Ellie ! Mais ce sera sans nous, c'est ton problème, souffle Kate, exaspérée.

— Kate, tu m'accompagnes an toilette s'il te plaît ? J'ai besoin de prendre l'air, requiert Marion.

Elles se lèvent, sortent de la tente et traversent la forêt pour rejoindre les toilettes.

Il est deux heures trente-six du matin.

— Ellie commence sérieusement à m'énerver, se plaint Marion.
— Moi aussi, en plus toutes les deux, nous sommes très énervées quand nous ne dormons pas assez, surtout toi.
— J'ai, limite, envie de la pousser or de la tente, annonce Marion.
Elles repartent dans la tente, exténuées.
Ellie n'est plus là.
Elle a dû aller voir les professeurs et rentrer chez elle, mais non, ce n'est pas possible, ses affaires sont toujours là.
— Je suis trop fatiguée pour réfléchir.
— Moi aussi, j'ai besoin de dormir, lui répond Kate.
A sept heures, leur réveil sonne.
Elles se dirigent vers la salle de déjeuner, là tout le monde attend.
Leurs camarades leur demande si elles ont bien dormi, ce qui n'est pas le cas, donc elles se plaignent et expliquent la situation.
Kate et Marion discutent, mais se rappellent un détail au moment où les profs font l'appelle.

— Ellie ? Appelle un professeur.
— Elle est rentrée chez elle ? si oui qui récupèrera ses affaires, elles sont restées dans la tente
— Mais elle n'est pas partie, répond un professeur de sport perplexe.
Les amis échangent un regard de détresse.
— Cette nuit, nous sommes parties aux toilettes, quand nous sommes revenues, Ellie n'était plus là, explique Kate, les mains tremblantes.
— Juste avant que nous partions, elle nous a dit qu'elle voulait venir vous voir pour rentrer chez elle, car elle avait des courbatures, complète Marion, inquiète.
— Elle n'est pas venue.
Ellie a disparu.
Elle aussi.

Remerciements :

Qui aurait cru que j'allais parvenir à écrire ce livre ?
Pas moi bien sûr, mais mon entourage oui.
Ma famille ainsi que ma meilleure amie.
A ma grand-mère qui a entièrement corrigée mon livre.
Ma source d'inspiration ainsi que ma motivation ce sont eux.
Que ce soit ma famille, mes amies, mes camarades ou bien mes professeurs.
Merci d'avoir cru en moi et de m'avoir motivée.
Cette histoire est inspirée de mon année de troisième (2023-2024), certains savent pourquoi.
Mais d'autres éléments viennent du fruit de mon imagination, et heureusement !
J'espère que vous avez apprécié mon histoire et que je ne vous ai pas traumatisé…

D'ailleurs j'allais oublier mais, je dédie mon livre à Lily, Catheline, Maïwenn, Elisa, Camille et Cléo. Et a de nombreux autres amies. Ainsi qu'a une autre personne dont nous ne devons pas prononcer le nom.